ullstein

Das Buch

Was würden Sie tun, wenn Sie ein Pärchen beim Sex überraschen – einfach mitmachen oder davonlaufen? Oder würden Sie sich selbst befriedigen, während Ihr Nachbar Ihnen vom gegenüberliegenden Fenster dabei zusieht? Oder würden Sie sich von einem geheimnisvollen Unbekannten an einen verruchten Ort führen lassen, um dort tabulosen Sex mit ihm zu haben? Nein, würden Sie nicht?

Dann lesen Sie, was Ihnen entgeht: Offen, tabulos und äußerst anregend erzählen die hier versammelten Geschichten von erotischen Überraschungen, die das Leben für alle bereithält, und von Frauen, die den Mut haben, sich darauf einzulassen.

Die Autorin

Hinter dem Pseudonym Alexa Adore verbirgt sich eine Gruppe junger Autorinnen und Autoren.

Von Alexa Adore ist in unserem Hause bereits erschienen:
Scharf

Alexa Adore

Zungenspiele

Heiße Stories

Ullstein

Besuchen Sie uns im Internet:
www.ullstein-taschenbuch.de

MIX
Papier aus verantwortungsvollen Quellen
FSC® C014496

Ungekürzte Ausgabe im Ullstein Taschenbuch
1. Auflage Juli 2012

Die Geschichten entstammen den Erzählbänden *Das erste Mal, BDSM, Touch Yourself, Women Only, Erotische Ortswechsel, Sex Toys* und *SM-Geschichten* von Angelica Allure, erschienen im Flexible Literature Verlag.
Umschlaggestaltung: ZERO Werbeagentur, München
Titelabbildung: © FinePic®, München
Satz: LVD GmbH, Berlin
Gesetzt aus der Palatino
Papier: Pamo Super von Arctic Paper Mochenwangen GmbH
Druck und Bindearbeiten: GGP Media GmbH, Pößneck
Printed in Germany
ISBN 978-3-548-28429-3

Ein Ort zum Träumen

Ein Ort zum Träumen. Zum Verweilen. Zum Genießen. Das Paradies überall um mich herum. Weißer Sandstrand, türkisfarbenes Meer, eine leichte Brise, die Sonne bräunt meinen Körper. Ich sitze auf einem lustig schräg gewachsenen Palmenstamm … der seinen Weg Richtung Meer oder Richtung Sonne sucht … heraus aus dem Urwald hinter mir. Ja. Es ist das Paradies. Und doch fehlt mir etwas, und dieses etwas hat einen Namen, ist 26 Jahre alt, Medizinstudent aus Gießen und heißt Urs.

Wie schön wäre es, wenn ich jetzt hier mit Urs diese einmalig schöne Insel genießen könnte! Nur wir zwei, soweit das Auge reicht kein Mensch … und wir könnten genau das tun, was wir vor vier Wochen taten. Das erste Mal. Ich lehne mich zurück und benutze den Palmenstamm als Rückenlehne, schaue hinaus auf das ruhige Meer, sauge die salzige Meeresluft ein und hole mir »meine« Geschichte zurück in die Gegenwart.

Ich bin seit sechs Monaten Hostess auf einem sehr bekannten Kreuzfahrtschiff. Nach meiner ersten Reise gen Südafrika bekam ich aber verstärkt und häufig

Erkältungen mit starken Hustenanfällen. Nach der Rückkehr in den Heimathafen nach Kiel – wo ich mir auch ein kleines Appartement gemietet hatte – beschloss ich umgehend, mir die Mandeln herausoperieren zu lassen, denn meine nächste Reise wartete bereits auf mich. Es sollte in die Karibik gehen, und das sage und schreibe zwei Monate lang.

Als ich an einem Montag, einen Tag vor der OP, ins Krankenhaus fuhr, um die üblichen Voruntersuchungen über mich ergehen zu lassen, beobachtete ich auf der Hinfahrt die vielen Menschen, die sich auf den Weg zur Kieler Woche machten – ganz Kiel stand Kopf.

Na toll, schoss es mir durch den Kopf. Da bist du Neubürger in dieser Stadt und könntest zum ersten Mal die Kieler Woche genießen – und fährst stattdessen auf direktem Wege ins Krankenhaus. Aber ich hatte keine andere Wahl. Ich wollte in zehn Tagen in die Karibik. Diesen Lichtblick vor Augen marschierte ich mit aufrechtem Gang hinein ins Stadtkrankenhaus von Kiel und wusste nicht, welch Schicksal, was mich *nach* meiner OP alles erwarten würde.

Ich hörte Stimmen, nahm gedämpftes Licht wahr, eine Uhr tickte laut an der Wand. Der Hals schmerzte, der Rachen war trocken, und ich hatte Durst. Als ich die Augen öffnete, glaubte ich zuerst zu träumen. Ich sah in zwei wunderschöne blaugrüne Augen, mehr gab es nicht zu sehen. Die Person trug Mundschutz und war überhaupt komplett in Grün eingewickelt. Aber diese Augen …

Die Narkose schien noch zu wirken, und ich erzählte etwas von Kapstadt und Johannesburg, und dass ich bald in San Juan einlaufen würde. Ich hörte diese Augen von einem anderen Stern sagen: »Psssst … ist ja gut … das erzählen Sie mir morgen … wenn Sie ausgeschlafen haben, ja? Wie fühlen Sie sich?«

»Habe Durst …«, kam es über meine trockenen Lippen, und flugs bekam ich einen Schluck kalten Tee. Hmmm, dachte ich noch, was für behaarte Unterarme, so männlich, als mir dieser grüne E. T. die Tasse reichte … Und er roch so frisch, so eingeseift.

Dann schlief ich wieder ein. Am nächsten Tag bei der Visite erkannte ich dieses Prachtexemplar sofort wieder. Nun in weißer Montur mit einem ebenso strahlend weißen Blendamed-Lächeln, und oben drauf noch diese Augen, in denen frau nur eines möchte: darin versinken … bis zum Ertrinken!

Diesem Halbgott in Weiß schien es jedoch nicht anders zu gehen! Kaum war der Visiten-Tross aus dem Krankenzimmer heraus, spickelte er frech zur Tür herein und meinte, er würde am Abend nochmals vorbeischauen. Schließlich wäre ich ihm meine Weltumseglung noch schuldig.

Ach ja, ich hatte ihm ja im Aufwachraum von meinem Jetset-Leben berichtet. Und so freute ich mich ungeduldig auf den Besuch von »Mr. Unknown«.

Urs entpuppte sich als herzlicher, liebevoll-aufgeschlossener und total natürlicher Medizinstudent aus dem hohen Norden. Im Laufe der Krankenhaus-

Woche besuchte er mich täglich. Wir sprachen über Gott und die Welt und verliebten uns auf sehr, ja beinahe kindliche Art ineinander. Wir redeten und redeten. Er machte Witze über sein Studium, ich hörte mehr zu, da ich meine Stimme schonen musste, doch sprachen unsere Augen, und mit jedem Tag länger im Krankenhaus wuchs unsere Sehnsucht, endlich zu zweit alleine in einem Raum zu sein. Ich konnte es nicht mehr erwarten.

Wir verbrachten unseren ersten gemeinsamen freien Tag bei der Kieler Woche. Aßen Bratwürstchen und beobachteten die Segler bei ihren Vorbereitungen zur Regatta. Natürlich musste irgendwann die Frage aufkommen: Zu wem gehen wir? Was eigentlich klar war, denn Urs wohnte während seines Praktikums bei seinen Eltern in Kiel. Ansonsten hatte er eine Studentenbude in Gießen. Also ging es in mein Mini-Appartement.

Wir alberten zunächst wie zwei Teenies auf der Couch herum, schauten die Kieler Woche vom Fernseher aus an und zeigten mit dem Finger auf den Bildschirm. »Hey, da waren wir gerade …« Klar, jeder wartete auf einen Anfang und keiner traute sich, aber beide waren wir so was von heiß aufeinander. Wow. Irgendwann küsste mich Urs, sehr, sehr zärtlich, sanft und einfühlsam berührte er meine Lippen, während seine Hand über meine kleinen, festen Brüste glitt, die andere Hand streichelte meine Oberschenkel. Ebenfalls sehr behutsam und langsam. Und doch tastete sich gerade diese Hand zielstrebig an meine nasse Scheide heran. Ja, ich wartete ungeduldig darauf, dass er mich an meinem Höhleneingang dort unten berührte. Stolz war ich auf meine nasse Muschi. Insgeheim war ich unendlich froh, so lange auf das erste Mal gewartet zu haben. 19 Jahre alt – und noch nie mit einem Mann geschlafen. Für Urs hatte es sich gelohnt!

Als Urs mit seiner linken Hand und seinem Mittelfinger meinen nassen Eingang berührte, überkam es ihn auf einmal. Er stöhnte leise auf und küsste mich intensiver. Das erregte auch mich immer mehr. Allerdings berührte ich ihn nicht an seinem harten Schwanz. Ich spürte zwar, dass er total erregt war, groß und hart, aber ich streichelte weiterhin seine behaarte Brust und knabberte verspielt an seinem Ohrläppchen. Doch Urs hatte nur noch ein Ziel vor Augen: Er wollte jetzt in mich eindringen. Und zwar schnell. Rasch zog er seine Boxershort aus und steckte seinen harten Prügel in meinen feuchten Dschungel. Rhythmisch bewegte er seinen Schwanz tief bis zum Anschlag in meine Möse und wieder hinaus, dabei berührte er leicht meine Klitoris – und dies erregte mich ebenfalls. Allerdings fühlte ich nicht dieselbe intensive Erregung, die nun bei ihm vonstatten ging. Er stöhnte heftiger und seine Bewegung wurde schneller, intensiver und auch härter. Er stieß fest zu – er griff an meine Brüste – er war gierig, geil und hielt es schließlich nicht länger aus. Zu lange hatte auch er auf diesen Augenblick gewartet. Mit einem letzten Stoß bäumte er sich auf, stöhnte laut auf und ergoss sich in meiner Scheide. Er zuckte zwei, drei Mal zusammen – dann legte er sich erschöpft und befriedigt auf meinen heißen Körper. Und während er sich erholte, dachte ich nach: So, das war also das berühmte erste Mal. Eine leichte Enttäuschung kam in mir auf, das sollte alles gewesen sein?

Wir badeten anschließend gemeinsam. Urs hatte dieses Dauergrinsen auf dem Gesicht, das mich irgendwie immer wütender machte. Monsieur hatte seine Befriedigung – und was war mit mir? War ich frigide? Fragen über Fragen. Schließlich meinte Urs, »mein junger Mediziner«, jetzt wäre *ich* endlich dran. Medizinisch gesehen gäbe es hierfür beim ersten Mal für mich ... Urs machte eine Pause und sagte dann: »... einen ganz tollen Weg!«

Neugierig legte ich mich auf den Flokati-Teppich ... so wie er es gewünscht hatte. »Entspann Dich«, flüsterte er mir ins Ohr und spreizte dabei meine Beine. Dann rutschte er ein Stockwerk tiefer, legte seinen Kopf zwischen meine Oberschenkel und begann mit beiden Händen an meiner Scheide herumzuspielen. Schließlich begann er mich unten zu küssen. Ich lag anfangs alles andere als entspannt da, aber irgendwann schloss ich die Augen und versuchte ruhig zu atmen und mich einfach auf dieses feuchtnasse Leckgefühl an meiner Liebesspalte einzulassen. Urs war gigantisch. Geschickt öffnete er mit seinen Fingern meine beiden Scheidenlappen, während er mit der Zunge sanft in mich eindrang. Dann begann er an meiner Klitoris zu spielen, er züngelte sanft an ihr herum, zwischendurch sog er auch mit dem Mund an ihr. Er neckte die Klitoris, indem er sie mit der Zungespitze frech berührte. Schließlich wurde er schneller mit seinem Lecken, dann, als er meine Erregung spürte und meine Klitoris immer größer und härter wurde, ließ er wieder ganz von mir ab und streichelte mit den Handinnenflächen meine heißen Oberschenkel. Doch meine Erregung war inzwischen immens – ich wollte seine Zunge an meinem Kitzler! Ich hielt es nicht länger aus. Ich führte seinen Kopf fordernd an meine Scheide und drückte ihn fest mit meinen Oberschenkeln. Urs wusste Bescheid. Abwechselnd langsam und wieder schneller berührte er mit seiner Zunge meine Klitoris, und schließlich spürte ich dieses lange Ziehen im Unterleib. Dieses enorme Kribbeln an meiner Scheide. Ich hörte mich schneller atmen. Ich stöhnte. Ich wusste nicht, was kam. Es wurde heftiger. Es kribbelte an meiner Fotze, an meiner Scheide und ganz heftig an meinem Kitzler. Ich rieb meine ganze nasse Scheide an seinen Kopf, sein Mund war gefangen in meinem feuchten Dschungel … und dann stöhnte ich es laut heraus. Ich hob mein Becken und ergoß mich in meinen Scheidenwänden. Urs hielt mit seinem Mund und seiner Zunge dagegen und sog mein Auslaufen in sich auf.

Erschöpft ließ ich mich fallen. Dankbar und stolz zugleich. Es war mein erster Orgasmus in meinem Leben. Und was für einer. Ich wusste immer noch nicht, wie es um mich geschah …

Und all das war vor vier Wochen. Jetzt hier mein freier Tag in der Karibik – mein einsamer Ausflug an diesen Traumstrand auf St. Thomas … ich spreize gerade meine Beine. Zwischen mir der Palmenstumpf. Vor mir das Meer. Meine Hände auf meinen festen Brüsten. Ich beginne mich unten zu streicheln.

Wenn Urs das sehen würde … Aaaahhhh …

Fehltritt

Ich war total erschöpft und freute mich wahnsinnig auf mein Hotelzimmer. Das Meeting mit den Kollegen der neuen Partnerfirma lief gut, ich war stolz, weil ich die Männer mit Intelligenz, Witz, Charme und Kompetenz überzeugen konnte. Mein Chef hatte schon seinen Dank übermitteln lassen und die Spesen erhöht. Ich wollte es mir heute Abend gut gehen lassen.

Mit dem Taxi fuhr ich bei dem Hotel vor. Nachdem ich meinen Schlüssel an der Rezeption abgeholt hatte, fuhr ich mit dem Fahrstuhl in meine Etage. Ich lief den Gang hinunter und vergewisserte mich noch einmal, ob ich mir die Zimmernummer richtig gemerkt hatte. Ja, der Anhänger an dem Schlüssel bestätigte es. 347, da war es. Froh über ein paar Minuten Ruhe, schloss ich die Tür auf und trat in den großzügig geschnittenen Raum. Es war dunkel, die schweren Vorhänge waren zugezogen. Doch was war das?! Ich stutzte und ging einige Schritte weiter hinein. Im Raum brannten Kerzen, und meine Augen gewöhnten sich an das schummerige Licht: Auf dem Bett lag eine Frau. Sie war nackt und mit den Händen an das Kopfteil des Bettes gefesselt. Ihr Körper war über und über mit roten Striemen versehen, ihre Augen waren verbunden, doch den Kopf hatte sie mir zugewandt. Vor ihren weit gespreizten Beinen kniete ein Mann. Der Dildo, den er in seiner Hand hielt, steckte tief in der gefesselten Schönheit. Er hielt in seiner Bewegung inne und schaute mich an. Der Augenblick kam mir ewig vor, ich konnte mich nicht rühren, konnte auch nichts sagen, meine Kehle war vor Scham wie zugeschnürt. Der Mann lächelte mich an, auch er sagte nichts. Endlich, nach weiteren endlosen Sekunden, spürte ich etwas Leben in meinen erstarrten Körper zurückkehren. Ich räusperte mich, nuschelte mit verhuschtem Blick ein »Entschuldigung« und rannte aus dem Zimmer. Ich hörte die Tür krachend ins Schloss fliegen, als ich mit zitternden Knien in den Fahrstuhl stieg.

Als ich an der Rezeption ankam, versuchte ich mich mit aller Gewalt zusammenzureißen, um überhaupt ein ruhiges Wort herauszubringen. Ich bat die Dame am Counter darum, noch einmal zu prüfen, welches Zimmer meine Firma für mich gebucht hatte. Ich spürte, wie meine Stimme leicht zitterte, aber die Dame vor mir schien es nicht mitbekommen zu haben, oder sie war souverän genug, es zu übergehen.

Die Mitarbeiterin hatte die Reservierung gleich in dem großen Hausbuch gefunden und sagte, dass Zimmer 348 für mich vorgemerkt sei, bzw. fragte, ob denn etwas nicht stimmen würde. Ich schüttelte viel zu schnell den Kopf und sagte hastig, dass alles in Ordnung sei, man hätte mir nur den falschen Schlüssel gegeben. Das Zimmer sei schon belegt. Ich spürte, wie ich bei den Worten rot wurde.

Schnell war das Problem behoben, die Schlüssel ausgetauscht, und ich schnappte mir meinen Koffer. Anstatt zum Fahrstuhl ging ich erst einmal in die Bar. Ich brauchte einen Drink. Das, was ich eben in diesem Zimmer gesehen hatte, irritierte mich. Nicht, weil ich Zeugin eines Verbrechens gewesen war, die Frau hatte total entspannte, glückliche Züge in ihrem Gesicht gehabt, das konnte ich trotz der knappen Beleuchtung sehen. Aber es war mir bisher nie in den Sinn gekommen, dass harter Sex und Schläge tatsächlich solch große Lust bereiten konnten, wie ich sie in dem Gesicht der Frau gesehen hatte. Sicher hatte ich davon gehört, ich selbst war diesem ganzen Bereich aber noch nie so nahe gewesen.

Was mich jedoch noch stärker als meine Scham beschäftigte, die ich empfand, weil ich zwei Menschen bei intimen, harten und sonderbaren Sexspielen überrascht hatte, war das, was ich selbst fühlte. Ob ich es mir eingestehen wollte oder nicht, ich war erregt! Mein Herz klopfte schnell gegen meine Brust, und ich wurde einfach das Bild nicht los, wie der große Dildo tief im Loch der nackten, gefesselten Frau steckte; er glänzte von ihrem Saft, und das ganze Zimmer war erfüllt von dem Geruch verschiedener Körperflüssigkeiten, die sich in der Luft vermischt zu haben schienen.

Die Striemen auf dem Körper der Frau waren von Peitschenhieben, das wusste ich, denn ich hatte die Peitsche auf dem Bett liegen sehen.

Ich stellte mir vor, wie sie sich bei jedem Schlag aufbäumte und voller Erregung stöhnte und den nächsten Schlag herbeisehnte.

Die Lust kroch tiefer und tiefer in meinen Körper, übermannt von meiner eigenen Geilheit wurde mir richtig heiß. »Ich will das auch!«, schrie es in mir. Ich wollte auch so etwas erleben – nur einmal ausprobieren! Ich dachte nach. Dann trank ich meinen Martini aus, schnappte meinen Koffer und fuhr in den dritten Stock. Meinen Koffer brachte ich in mein Zimmer, und dann stand ich auch schon vor Tür 347.

Das Herz klopfte mir bis zum Hals. Ich nahm meinen ganzen Mut zusammen, hob die Hand und klopfte zweimal fest gegen die Tür. Nach einigen Sekunden, die mir wieder wie eine Ewigkeit vorkamen, wurde die Tür geöffnet und der Mann, der vorhin auf dem Bett gekniet hatte, stand in einen Bademantel gehüllt vor mir. Wieder lächelte er mich an. Er fragte nichts, ich sagte nichts, er trat einen Schritt zur Seite, um mir zu zeigen, dass ich eintreten dürfe. Ich tat es. Wieder roch ich diesen Duft, es roch nach Körper, nach Sex und es machte mich wahnsinnig an. Die Frau lag immer noch gefesselt auf dem Bett, aber diesmal schaute sie mich an. Auch sie lächelte. Dann sagte sie: »Komm, setz dich! Ich heiße Linda.« Ich nannte ihr meinen Namen, folgte der Aufforderung und setzte mich zu ihr auf das Bett.

Der Mann verband Linda wieder die Augen. Dann nahm er eine der brennenden Kerzen und kniete sich wieder zwischen ihre weit gespreizten Beine. Unter ihrem Po lag nun ein Kissen, so dass ihre Muschi nach oben geöffnet war. Sie glänzte wie eine frisch geöffnete Auster. Ich spürte, wie sich mein Saft zwischen meinen Beinen sammelte und ich feucht wurde. Ich musste schlucken. Die ganze Situation war so geil! Der Mann hielt die Kerze über Lindas entblößte, weit klaffende Möse. Dann tropfte er ihr das Kerzenwachs direkt auf ihre geschwollenen Lippen. Linda zuckte bei jedem Tropfen, der sie traf, zusammen, und dabei drang jedes Mal ein tiefer Seufzer aus ihrer Kehle. Nach einigen Tropfen nahm er die Kerze, blies sie aus und rieb mit dem unteren Ende um Lindas heiligen Eingang. Sie stöhnte und streckte ihren Po der Kerze entgegen, doch er entzog sie ihr immer wieder. Er hielt sie hin und trieb sie damit immer weiter in den Wahnsinn.

Während er sich die Peitsche griff, gab er mir die Kerze in die Hand und deutete mir an, sie Linda einzuführen. Er spuckte auf ihr Loch, und im selben Moment, als er zum ersten Peitschenschlag ausholte, presste er meine Hand mit der Kerze in einem einzigen Stoß tief in Lindas dunklen, engen Gang.

Linda schrie laut auf. In ihrer Stimme lagen Schmerz, Geilheit und die Sehnsucht nach mehr, und während er schlug, stieß ich voller Geilheit die Kerze immer wieder in sie hinein. Ich fickte sie damit hart und immer fester. Er legte die Peitsche weg, während ich immer wieder aufs Neue die Kerze in sie presste. Dann kniete er sich breitbeinig über die Gefesselte.

Er nahm seinen steifen Schwanz in die Hand, riss ihr das Tuch von den Augen und wichste vor ihrem Gesicht heftig seinen dicken Knüppel. Ich sah von hinten nur die Handbewegung dieses Mannes, hörte ihre lechzenden Laute, und es erregte mich unglaublich, diese Frau mit einer Kerze in den Arsch zu ficken. Ich hatte noch nie Sex mit einer Frau, und ich wollte mehr! Ich wollte spüren, wie sie sich anfühlte. Während er seinen prallen Riemen stöhnend rubbelte, stieß ich weiter mit der Kerze zu und drang dabei mit der anderen Hand tief in Lindas weiches, schmatzendes, tropfnasses Paradies.

Sämig und warm lief Lindas Fotzensaft über mein Handgelenk.

In die reibenden und glucksenden Geräusche tauchte leise und gepresst seine Stimme: »Ich komme jetzt!« Und dann schoss es aus seinen Lenden. Er hielt seine Hand still und richtete seine Latte in Lindas Gesicht, während er sich bei jedem Schub aufbäumte. Dann stieg er, immer noch tief atmend, von ihr runter. Linda fuhr sich ins Gesicht. Mit ihren Händen suchte sie sein Sperma und verteilte es auf ihren Wangen. Er befahl mit rauer Stimme: »Leck deine Finger!«, und Linda folgte. Gierig schlürfte sie seinen Saft auf.

Und dann spürte ich es in ihr. Linda drückte mir ihr Becken entgegen und schob sich selbst immer tiefer auf meine Hand. In ihrem langen »Jaaaaaaaaaaa« fühlte ich, wie ihre Fotze meine Hand eng umschloss. Lindas Möse zog sich immer fester zusammen, um dann in vielen heftigen Zuckungen zu explodieren …

Ich war wie elektrisiert. Ich konnte es immer noch nicht glauben, was hier gerade passiert war. Linda lag selig lächelnd auf dem Bett, während er ihre Fesseln löste. Wir schauten uns an. Dann sagte er: »Wenn du möchtest, dann komm doch morgen wieder her, dann wirst du die Lust der absoluten Hingabe erfahren.« Ich sagte nichts, ich lächelte nur.

Ich verabschiedete mich. Und als ich mich immer noch total erregt in mein Bett kuschelte, dachte ich an den nächsten Abend. Und ich zuckte auch noch, als ich den Vibrator ausschaltete und dann erschöpft einschlief.

Das schönste Geschenk

Ehrlich gesagt hat mich mein eigener Körper immer schon fasziniert. Ich kann mich nicht genau erinnern, wie lange es zurückliegt, aber ich weiß, dass ich schon als Teenager eine ganz intensive Beziehung zu ihm pflegte. Ich habe nie einen Hehl daraus gemacht, dass ich mich gerne selbst befriedige, auch wenn alle meine Freundinnen vehement abstreiten, sich je alleine angefasst zu haben. Das halte ich allerdings für eine komplette Lüge. Ich denke, es gibt nichts Schöneres, als sich selbst Freude zu bereiten, und dazu sollte man auch stehen dürfen.

Es gab eine Phase in meinem Leben, da habe ich fast jede Minute an Selbstbefriedigung gedacht und konnte es kaum erwarten, abends von der Arbeit nach Hause zu kommen und endlich Zeit für meine Lust zu haben. Teilweise war es wirklich extrem, wie oft ich es mir selbst besorgt habe, aber es war wie eine Sucht. Viele Männer gehen ja immer noch davon aus, dass nur *sie* sich fünfmal am Tag einen runterholen, aber ich kann versichern, dass auch Frauen manchmal dieses Bedürfnis haben. Damals gab es auch keinen richtigen Grund für meine anhaltende

Geilheit. Ich wollte einfach nur dieses Glücksgefühl spüren, das ein Höhepunkt mir jedes Mal verschaffte. Das Schönste ist das Zusammenspiel aus Gelegenheit und Lust. Es gab nämlich auch Wochen, da hätte ich mehrmals am Tag die Gelegenheit gehabt, hatte aber keine Lust oder war im Kopf zu sehr mit anderen Sachen beschäftigt. Doch diese Phase ging vorüber und ich habe für mich eine gute Balance gefunden. Sicher gibt es immer noch Tage, an denen ich furchtbar geil bin, doch ich gehe nicht immer auf die Signale meines Körpers ein. Das steigert meine Lust noch mehr, und wenn ich mir dann endlich gestatte, mich anzufassen, ist es noch intensiver. Ein kleiner Trick, den ich übrigens von einem Mann gelernt habe.

Nebenbei möchte ich aber kurz erwähnen, dass Männer mit der weiblichen Selbstbefriedigung nicht das Geringste zu tun haben. Es macht also keinen Unterschied, ob die Frau einen Freund hat oder nicht. Das ist bei den Männern doch auch nicht anders und soll nicht bedeuten, dass wir uns von den Männern nicht befriedigt fühlen, aber manchmal möchte man sich halt gerne selbst anfassen. Es ist eine so völlig andere Seite der Sexualität, denn man kann einfach nur an sich selbst denken und ein kompletter Egoist sein. Menschen brauchen das wohl!

Wenn ich daran zurückdenke, wie alles angefangen hat, dann muss ich schon schmunzeln, denn man wird im Laufe der Jahre immer versauter. So war es zumindest bei mir. Ich habe schon immer gerne erotische Filme angeschaut, die mir dieses kribbelige Gefühl im Bauch verschafft haben. Übrigens ist es nur ein Gerücht, dass Frauen nicht auf Hardcorepornos stehen, aber ich denke, es kommt natürlich auch bei uns auf die Stimmung an, und außerdem entwickelt sich diese Lust auch erst über die Jahre. Zu Beginn hat es mir wirklich gereicht, einen Softporno zu sehen und meine Muschi durch meine Kleidung hindurch zu reiben. Ich habe mich anfangs nur selten ausgezogen, sondern behielt meistens meinen Slip an. Dann habe ich oft ein Kissen unter mich gelegt und mich darauf hin und her bewegt. Das hat mich meist so erregt, dass es anfing, wie wild in meinem Unterleib zu kribbeln. Es hat eine Weile gedauert, bis ich das erste Mal zum Höhepunkt kam, aber schon alleine das Brummen und Summen in mir fand ich wahnsinnig schön. Mein erster Höhepunkt war ein unglaubliches Erlebnis. Ich wusste gar nicht, was mit meinem Körper geschah. Plötzlich zuckte es durch jede Faser, und meine Arme und Beine zitterten vor Erregung. Noch lange nachdem ich gekommen war, pochte meine Muschi, und ich konnte spüren, wie das Blut durch meinen Unterleib schnellte.

Im Laufe der Zeit begann ich, meinen Körper noch intensiver wahrzunehmen. Ich zog mich nun ganz aus, wenn ich mich befriedigen wollte, und entdeckte, wie wunderbar weich sich meine Muschi anfühlte. Ich strich mit meinen Fingern über meine Schamlippen und genoss die weiche Berührung meiner Hände. Ich rieb nur leicht und vorsichtig mit den

Fingern über meine Klitoris, um das Kribbeln zu halten. Auch begann ich nun, meine Brüste zu streicheln und meine Brustwarzen mit leichtem Zwicken hart zu machen. Es war so aufregend, meinen Körper zu erforschen und immer wieder Neues zu entdecken, das mir gefiel. Der Höhepunkt erreichte eine neue Dimension, und meine Finger spürten, wie meine Schamlippen förmlich erbebten.

Zunächst war ich so auf meinen Körper fixiert, dass ich mir bei der Masturbation keine bestimmte Person oder Situation vorstellte, die mich erregte. Doch ich begann, nach Personen und Bildern zu suchen; das Internet bot mir da die besten Möglichkeiten. Ich klickte mich durch die verschiedensten Seiten, und beim Anblick manch schöner Körper und Posen wurde ich langsam feucht. Ich forcierte diese Lust, indem ich begann, meine Scheide durch meine Jeans zu streicheln. Ich blieb besonders an Bildern von Frauen hängen, die sich gegenseitig befriedigten. Weibliche Körper, die sich berührten, ihre schönen Brüste und rasierten Muschis waren einfach unglaublich erregend. Meine Jeans lag mittlerweile schon auf dem Boden, und ich rieb meine Finger mit schnellen Bewegungen über meine angeschwollenen Schamlippen. In diesem Moment wünschte ich mir, dass auch *mich* jemand mit der Zunge befriedigte. Der Gedanke daran brachte mich schließlich zum Orgasmus, und ich zitterte am ganzen Leib. Ich war völlig erschöpft, aber unglaublich glücklich.

Zum ersten Mal hatte ich eine Phantasie gehabt,

die mich zum Höhepunkt gebracht hatte, und von nun an entwickelten sich meine Vorstellungen immer weiter und wurden von Mal zu Mal besser.

Zufällig fand ich in den Tagen danach im Zimmer meines Bruders eine Videokassette, die mich neugierig machte. Als alle aus dem Haus waren, schaute ich sie mir heimlich an und entdeckte einen Hardcoreporno mit viel versauter Action. Ich war erst leicht geschockt, doch der Schock wich schon bald großer Lust. Eine Szene hatte es mir ganz besonders angetan. An einem Hotelpool lagen mehrere Frauen auf Sonnenliegen und wurden von heißen Poolboys bedient. Plötzlich begann der erste damit, eine der Frauen etwas intimer zu bedienen und küsste ihren Bauch und ihre Brüste. Nach und nach gesellten sich immer mehr Pärchen dazu, die sich gegenseitig beglückten, und die Gruppe befand sich bald in einer wilden Orgie. Es machte mich völlig verrückt, den verschiedenen Paaren und auch Dreierkonstellationen zuzuschauen. Meine Hände wanderten über meinen gesamten Körper, und ich wünschte mir in dem Moment, noch zwei weitere Hände zu haben. Ich wollte mich überall gleichzeitig berühren. Meine Brustwarzen waren schon nach wenigen Sekunden völlig hart, und eine Gänsehaut lief langsam von meinem Hals über den Rücken meine Beine hinunter. Ich lag auf meinem Bett und starrte weiter gebannt auf den Fernseher, während ich meine Beine öffnete und meiner Hand Zutritt zu meinem völlig aufgeheizten Schritt gewährte. Zuerst ließ ich meine

Schamlippen noch geschlossen, so dass sie meine Muschi und meine Klitoris vollkommen verdeckten. Meine Hände rieben in kurzen Bewegungen hin und her, und ich spürte, wie es wärmer wurde. Die Bilder der Orgie trieben mich weiter in meiner Leidenschaft und machten mich immer geiler. Als ich sah, wie eine Frau gerade von zwei Männern gleichzeitig beglückt wurde, spreizte ich mit den Fingern meine Schamlippen auseinander und ließ meine Hand nun über meine schon feuchte Muschi wandern. Ich spürte, dass ich mich kaum berühren musste, so wild machten mich schon alleine die fleischgewordenen Phantasien auf dem Bildschirm. Also ließ ich meine Hand für eine Weile auf meiner pochenden Muschi ruhen. Ich wollte noch nicht kommen, doch ich hatte gespürt, wie nahe ich dem Höhepunkt bereits war. Ich beobachtete weiter das wilde Treiben am Pool und bebte innerlich. Als sich dann eine Gruppe von drei Frauen gegenseitig befriedigte, wurde ich so erregt, dass meine Hand automatisch wieder im Kreis über meine feuchte Öffnung wanderte. Meine Bewegungen wurden schneller und berührten nun auch meine Klitoris; der Druck meiner Hand wurde stärker und ungestümer. Als plötzlich zwei Männer ihre harten Schwänze von hinten in die Frauen stießen, war es, als spürte ich diesen Stoß auch in mir. Meine Finger waren nun außer Kontrolle und bahnten sich ihren Weg in meine warme, feuchte Öffnung. Ich steckte sie ganz tief in mich hinein, und es nahm mir fast die Luft. Mit der anderen Hand rieb ich schnell und immer schneller an meiner Klitoris, bis mich der Orgasmus wie eine Explosion übermannte. Ein unbeschreibliches Gefühl des Glücks durchströmte meinen gesamten Körper bis in die Haarspitzen, und ich war für einige Minuten wie gelähmt. Als ich schließlich die Finger aus meiner Muschi zog, waren sie ganz feucht, und ich leckte sie genüsslich ab. Was für ein unglaublich schönes Erlebnis hatte ich mir selbst beschert. Das schönste Geschenk macht man sich eben selbst!

Die Wette

Ob ich mich noch an mein erstes Mal erinnern kann? Ich würde sagen: Wie könnte ich es je vergessen?

Damals war ich Abiturient. Und ich dachte, die Welt würde mir gehören. Mir konnte keiner was. Bei den Frauen hatte ich einen ganz guten »Run«, wie man so schön sagte, und überhaupt keine Probleme, Verabredungen zu finden, denn ich galt als ziemlich gutaussehend. Ob das nun an meinen strohblonden Haaren oder meinen blauen Augen lag, wer kann das heute noch sagen. Und die Mädchen fuhren total auf mein schiefes, jungenhaftes Lächeln ab, von dem sie glaubten, dass es spontan kam, und das mir einen so unschuldigen Touch gab. Von mir hätten sie bestimmt nie erfahren, dass ich es mir stundenlang vor dem Spiegel antrainiert hatte. Ich konnte sie alle haben. Zumindest bildete ich mir das ein. Heute denke ich, dass ich mich durch meine verqueren und überzogenen Vorstellungen von mir selbst dermaßen unter Druck setzte, dass es gar nicht bis zum Ende kommen konnte. Der »letzte Schritt«, wie meine Kumpels und ich es nannten, war von mir noch nicht getan worden. Nicht, dass ich das jemals zugegeben hätte. Meinen Ruf als Aufreißer wollte ich mir bewahren.

Es war im Mai, kurz vor den letzten mündlichen Prüfungen, als ich den Mund vor meinen Jungs mal wieder viel zu voll nahm. Eigentlich scherzten wir in der Umkleide nach dem Sportunterricht nur so herum. Wir sprachen über die Häschen aus unserer Stufe, welche Mädels leicht zu haben waren und welche nicht. Und dann kam es aus mir heraus: »Die Weiber sind doch keine Herausforderung mehr. Die könnte ich alle hintereinander in einer Nacht haben, und manche sogar gleichzeitig. So romantisch veranlagt wie die sind, brauchst du denen nur ein wenig vorzusülzen, und schon liegen sie mit gespreizten Beinen in meinem Bett. Frau Wagner dagegen, die Referendarin, das wär' mal 'ne Nuss, die ich gern knacken würde!« Sie spotteten noch, dass selbst für mich, den Sunnyboy der Stufe, eine Lehrkraft eine Nummer zu groß wäre, und so kamen wir wohl auf die Idee mit der Wette. Bis zum Ende des Schuljahres hatte ich Zeit. Mit anderen Worten: Ich musste sie bis spätestens zum Abschlussball flachgelegt haben, wenn ich die Schule nicht als Loser verlassen wollte. Und nichts lag mir ferner, als meinen grandiosen Ruf in den letzten Wochen noch zu entkräften. In den nächsten Tagen versuchte ich alles, um unsere Sportreferendarin im Unterricht auf mich aufmerksam zu machen. Ich strengte mich besonders an, warf ihr durchdringende Blicke zu, verpackte meinen leicht muskulösen Körper in engen Shirts. Und ich zermarterte mir das Hirn, wie ich an das heiße Geschoss rankommen wollte. Wenn die Jungs erfahren hätten, dass ich noch Jungfrau war ... Nein, daran wollte ich lieber nicht denken. Bis jetzt hatte es so gut geklappt. Ich prahlte immer mit meinem Halbwissen, das ich irgendwo aufgeschnappt hatte. Und wenn sie konkret fragten, wen ich geknallt hatte, gab ich immer an, dass es doch langweilig sei, das »eigene Rudel« zu vögeln. Ich wilderte lieber in anderen Gefilden. Und das nahmen sie mir ab. Aber Frau Wagner? Sonja Wagner. Was für eine Frau. Seitdem ich sie das erste Mal gesehen hatte, betete ich sie an. Sie war zierlich gebaut, hatte einen vollendeten, perfekten Apfelarsch und wunderbare, etwas üppigere, feste Brüste. Sie unterrichtete uns im Volleyball, und wenn sie zeigte, wie man den Ball pritschen sollte, wenn sie dann ihre Arme über den Kopf hob und sich ihre Titten schön deutlich unter ihrem für eine angehende Lehrerin viel zu engen Shirt abzeichneten, bekam ich schon ein Wahnsinnsrohr. Nach der letzten Sportstunde vor der Abschlussprüfung duschte ich länger als gewöhnlich und hoffte, dass sich so irgendetwas ergeben würde. »Ist hier noch jemand?«, hörte ich plötzlich ihre Stimme in die Kabine rufen. Dass sie so schnell ihren Kontrollgang durchführen würde, damit hatte ich nicht gerechnet. »Äh, ja, ich bin noch hier. Richard!« Doch da stand sie schon in der Tür zur großen Gemeinschaftsdusche. Locker gegen den Rahmen gelehnt, mit verschränkten Armen, in ihren kurzen Shorts und dem heißen, weißen Oberteil. Ich bemerkte etwas panisch, dass ich bei ihrem Anblick einen harten Ständer bekam. »So so, unser Sunnyboy braucht heute also mal länger?«, säuselte sie, und mit einem Blick auf meine untere Region fügte sie süffisant hinzu: »Nicht in allen Dingen, wie ich sehe.« Verdammt, dachte ich, jetzt wird sie mich in die gleiche Kategorie wie die anderen stecken. Womit sie der Wahrheit gefährlich nahekam; ich war nun mal ein schnell zu erregender, aber unerfahrener Schuljunge. Mir blieb nur die Flucht nach vorn. »Er weiß nette Gesellschaft zu schätzen«, entgegnete ich viel lockerer, als ich eigentlich war. Ein Lächeln huschte über ihr Gesicht, dann kam sie barfuß zu mir herüber, stellte sich vor mich hin und musterte mich von unten nach oben. Ihr Blick blieb an meinen Augen hängen. Sie trat noch einen Schritt näher auf mich zu, und auf einmal spürte ich, wie sie mit einem festen Griff meine Eier umschloss. »Wollen wir doch mal sehen, was hinter deinen taffen Sprüchen steckt, Kleiner!« Wahnsinn. Diese Hammerfrau und ich; in der Dusche! Es hätte nicht perfekter sein können. Ich presste ihren kleinen Körper an meinen und zog sie mit unter den warmen Wasserstrahl, so dass ihr Shirt durchsichtig und die fabelhafte Form ihrer Brüste noch sichtbarer wurde. Sie rieb sich an mir, und an ihren steifen Nippeln sah ich, dass auch sie langsam auf Touren kam. Ich wollte keinen Fehler machen und wie ein dummer Jüngling dastehen. Ich zog ihr das Shirt aus, bewunderte ihre Nacktheit und begann, an einer ihrer Titten zu saugen und zu lutschen. Ich zog ihre Brustwarze, biss ein wenig in sie hinein und fand damit wohl eine ihrer erogensten Zonen. Sie stöhnte lustvoll auf und presste sich enger an meinen Steifen. Dann ließ sie sich nieder, kniete tatsächlich vor mir, und bestaunte meine Männlichkeit. Sie blickte zu mir hoch, und schon dieses Bild hätte mich unter anderen Umständen sofort abspritzen lassen. Aber ich wollte mir diese einmalige Gelegenheit auf gar keinen Fall versauen. Ich hielt ihrem Blick stand, und sie öffnete ihre vollen Lippen; Frau Wagner begann mit ihrer Zunge meine Eichel zu umfahren, während sie mich immer noch ansah. Mit ihrer Hand fuhr sie an meinem Schaft etwas auf und ab, um ihn dann ganz unerwartet vollständig in den Mund zu nehmen. Das konnte ich keine Minute länger aushalten, und so zog ich sie zu mir hoch, streifte ihr die Shorts ab und lehnte sie an die Wand. Das schien ihr zu gefallen, denn nun schlang sie ihre grazilen Beine um mich, so dass sie ganz weit wurde, und ich konnte endlich tief in sie eindringen. So war das also, wenn man endlich richtig vögelte. Sie fühlte sich warm und weich und feucht an. Alles war feucht, unsere Körper, vom Schweiß gleichermaßen wie vom Wasser, das immer noch auf uns hinunterprasselte. Es war phantastisch, den Körper dieser erfahrenen Frau in den Händen zu haben, ihren Arsch befühlen zu können und dabei immer und immer wieder zuzustoßen. Sie ließ ihre Hüften kreisen und brachte mich damit fast um den Verstand. Ich wollte, dass die Zeit stehenblieb, wollte nichts anderes tun, als immer nur dieses wunderbare Wesen zu spüren. Ich trug sie in den Umkleideraum nebenan, ging mit ihr zur Massageliege, und sie gab mir zu verstehen, dass ich mich dazulegen sollte. Dann setzte sie sich auf meinen Stengel und ließ ihn noch mal tief in sich hineingleiten. Sie bog ihren Oberkörper weit nach hinten, so dass sie mich ganz intensiv spüren konnte. Ich schob ihr mein Becken noch einige kurze Male entgegen, dann wurde aus ihrem schweren Stöhnen ein entspannter Seufzer, und genau in dem Moment spritzte ich endlich meinen ganzen Saft in sie hinein. Ich hatte es noch nie so lange herausgezögert, doch hatte sich das Warten gelohnt. Und zumindest für den Moment konnte ich sagen, dass es der geilste Fick meines Lebens war.

Danach haderte ich lange mit mir, ob ich den Jungs sagen sollte, dass sie ihre Wette leider verloren hatten. Doch ich entschied, dass mein Ruf schon aufschneiderisch genug war. Und so ging ich mit einem heißen Geheimnis und einer eigens errungenen Lebensphilosophie von der Schule: Ein Gentleman genießt und schweigt!

Süße Rache

Kerzen flackerten in den geschwungenen Wandhalterungen und dem großen Kronleuchter in der Mitte des hohen Gewölbes. Ein Streichquartett spielte. Paula lehnte sich an die Sandsteinmauer und ließ ihren Blick umherschweifen. Ihre Freundin hatte wirklich nicht übertrieben, als sie Paula von den monatlichen SM-Veranstaltungen hier vorgeschwärmt hatte.

Das Publikum war durchweg aufwendig gestylt, wie auch sie sich besondere Mühe mit ihrem Outfit gegeben hatte. Einige Männer trugen weiße Perücken und Roben aus dem 18. Jahrhundert, andere eine Henkersmaske und einen schwarzen Umhang. Ebenso vielfältig waren die Erscheinungen der weiblichen Herrschaften: von schwarzen Schnürkorsagen mit Netzstrumpfhosen bis zu Catsuits aus Latex war alles vorhanden.

Die Kellnerinnen trugen teilweise nur kurze schwarze Lederröcke, andere waren bis auf ihre Schuhe komplett nackt. Paula selbst hatte den Kragen ihres langen schwarzen Mantels hochgeschlagen, dazu trug sie lange, schwarze Handschuhe und hohe Stiefel aus Latex sowie eine knallrote Pagenkopf-Perücke. Sie nahm ein Glas Sekt von dem Tablett, während die Kellnerin die Augen niederschlug. Ein Peitschenknall ließ sie aufblicken. In einer Nische rechts neben der großen Treppe, die zu den weiteren Räumen führte, stand eine ganz in schwarzes Leder gekleidete Domina vor einem Mann, dem sie das nackte Hinterteil versohlte. Die Peitsche zeigte schon Spuren, die sich die Frau prüfend ansah. Ein weiterer Schlag knallte, der Mann schrie auf. Paula kam langsam in Stimmung, sich ins Geschehen zu stürzen. Sie schritt die Treppe hinauf und sah verschiedene Räume, in denen die unterschiedlichsten Geräte und Instrumente zu finden waren. Ein Mann lag auf einer Streckbank, während seine Herrin ihm heißes Kerzenwachs auf die Brust träufelte. In einem anderen Raum kniete eine Sklavin gefesselt auf dem Boden und bekam Klemmen mit Reizstrom an die Brustwarzen angebracht. Paula ging weiter. Schließlich hatte sie ihr Ziel erreicht: Im letzten Raum an der Stirnseite des Ganges war der Sklavenmarkt. Hier konnte man jeden männlichen oder weiblichen Sklaven für den Abend kaufen, der an eine der Stangen gefesselt war und angeboten wurde. Paula schritt die männlichen Sklaven ab und las die Schildchen, die ihnen um den Hals hingen und besondere Talente anpriesen sowie Tabus festlegten. Plötzlich blieb sie wie vom Donner gerührt stehen. In der hintersten Ecke des Zimmers hatte sie einen Bekannten entdeckt. Entschlossen ging sie weiter, las das Schildchen und lächelte. »Absolute Unterwerfung, keine

Tabus«, das gefiel ihr. Er trug einen schwarzen String und war mit diversen Ketten an Händen und Füßen gefesselt. Eine weitere Kette führte von seinem breiten schwarzen Lederhalsband zu den Hand- und Fußfesseln, die ebenfalls aus Ledermanschetten und dicken Stahlketten bestanden. Paula lächelte innerlich, als sie ihren sonst so biederen Nachbarn Julian in dieser Montur betrachtete, ließ sich äußerlich jedoch nichts anmerken. Ihre Miene blieb ernst und streng. Als er sie erkannte, erschrak er. »Paula!«, rief er laut aus. »Heute bin ich für dich nicht Paula, merk dir das. Die korrekte Ansprache lautet: meine Herrin.« »Sehr wohl, meine Herrin. Bitte unterwürfigst um Verzeihung«, brachte er hervor. Paula rief den Wärter, löste Julian aus und ließ sich die Schlüssel aushändigen. Nun konnte sie sich nach Herzenslust austoben, und dieses Opfer bereitete ihr außergewöhnliche Freude. Nachdem sie die Fixierung an der Stange gelöst hatte, ergriff sie die Halskette und zog ihn daran über ihre Schulter hinter sich her. »Für deine Verfehlung wirst du bestraft werden. Das ist dir doch klar, oder?«, sagte sie kalt, während sie daran dachte, wie er ihre Zimmerpflanzen ertränkt hatte, statt sich während ihrer Urlaubszeit sorgfältig um sie zu kümmern. »Ich erwarte meine gerechte Strafe, Herrin. Keine Strafe ist hart genug für mich, Herrin«, hörte sie ihn hinter sich. In einem Raum zu ihrer Rechten fand sie, was sie gesucht hatte. »Hierher!«, befahl sie und zog mit einem Ruck. Julian stolperte fast. Die rote Perücke und der Mantel hatten eine besondere Wirkung auf ihn. Einerseits fühlte er sich von dem Anblick und dem, was sie wohl mit ihm anstellen würde, erregt, andererseits machte ihm die Ungewissheit vor dem Hintergrund seiner selbstgewählten Tabulosigkeit ziemlich nervös. Er begehrte Paula schon, seit sie neben ihm eingezogen war. Dass sie ihm in dieser Situation begegnete, löste zwiespältige Gefühle in ihm aus.

»In den Käfig, los!«, befahl sie und öffnete die Tür zu einem etwa hüfthohen, würfelförmigen Gestell. Julian gehorchte. Sie schloss die Tür und sperrte mit dem bereitliegenden Schlüssel ab. Nun hatte sie ihn voll in ihrer Gewalt. Sie wartete, bis er seinen ängstlichen Blick auf sie richtete, dann öffnete sie langsam ihren Mantel. Ihr schwarzer Body entblößte mehr, als er verhüllte. Ihre Brüste lagen frei, ebenso ließ ein Schlitz im Latex ihre Scham erkennen. Paula griff nach einem Rohrstock, der in ihrer Manteltasche lag. Einige Male schlug sie sich damit prüfend in die Hand. »Durch dein damaliges Verhalten und grobe Schlamperei wurde mein Eigentum geschädigt. Das erfordert Vergeltung. Körperliche Züchtigung«, führte sie aus. Julian kroch auf allen Vieren durch den Käfig. Auf Kommando drehte er sich um und präsentierte sein Hinterteil. Paula befahl ihm, näher an die Gitterstäbe zu kommen, dann strich sie mit dem Rohrstock sanft über seine Pobacken, bevor sie das Holz darauf herabschnellen ließ. Er stöhnte leise. »Das gefällt dir wohl, was?«, fragte sie mit einem teuflischen Lächeln und schlug härter zu. Dann schob sie den Stock unter den String und hob ihn etwas an, bevor sie ihn zurückschnellen ließ. Julian zuckte zusammen. Paula strich weiter mit dem Rohrstock über seine Hinterbacken, dann fuhr sie die Poritze entlang und schob seine Beine etwas auseinander. Sie ging um ihn herum und sah, dass er eine Erektion hatte. Daraufhin schnellte ein weiterer Schlag auf ihn nieder, allerdings etwas gebremst durch die Gitterstäbe. Prüfend fuhr sie mit der behandschuhten Hand über die Haut, die erste Striemen aufwies, bevor sie ihre Hand tiefer gleiten ließ, seine Erektion überprüfte und noch einmal den String knallen ließ. »So so, du genießt es wohl, geschlagen zu werden?!«, sagte sie und schlug nochmals heftig mit dem Rohrstock zu. Wieder ging sie um ihn herum, betrachtete ihren Sklaven von allen Seiten, wie er ihr hilflos ausgeliefert im Käfig kniete. »Das verdient weitere Bestrafung. Zieh dich aus, sofort!«, fuhr sie ihn mit Blick auf die sich deutlich abzeichnende Ausbeulung unter seinem Höschen an. Sie nahm einen bereitstehenden Krug und goss ihm eiskaltes Wasser über sein Glied. Julian schrie vor Schreck auf, sein hartes Rohr schrumpelte zu einem kümmerlichen Anhängsel zusammen. Paula betrachtete zufrieden die Wirkung ihrer Machtstellung. Julian kniete vor ihr und erholte sich nur langsam. »Ich weiß, dass ich das alles verdient habe«, murmelte er reumütig. Unterwürfig sah er zu ihr hinauf. »Haben Sie noch einen Wunsch, meine Herrin? Ich stehe für alles zur Verfügung«, bot er an. »Meine Stiefel glänzen nicht mehr, wie sie sollten. Leck sie sauber!«, befahl sie und stellte ihr Bein nah an die Gitterstäbe. Brav begann Julian, daran zu lecken. Hingebungsvoll polierte er mit den Händen nach, bis das Latex in neuem Glanz erstrahlte. Paula genoss es, auf ihn herabsehen zu können. Sie streichelte ihre Brustwarzen, während sie überlegte, wie er ihr noch zu Diensten sein könnte. Seine grenzenlose Hingebung erregte sie zunehmend. Sie schloss den Käfig wieder auf und zog ihn an der Kette heraus. Als er aufstehen wollte, stellte sie einen Fuß auf seinen Rücken und hielt ihn damit in der demütigen Position fest. Mit einem gebieterischen Tonfall sagte sie: »Du darfst hinschauen«, als sie begann, sich zu streicheln. Das Latex fühlte sich glatt und kalt auf ihrer heißen Möse an. Julian verrenkte den Kopf ein wenig, um einen besseren Blick zu haben, wurde jedoch sofort von ihrem spitzen Absatz wieder ein Stück tiefer gedrückt. Paula warf ihm einen warnenden Blick zu. Sie steckte einen Finger in sich hinein, dann zog sie ihn wieder raus und führte ihn zu Julians Mund. Sofort öffnete er den Mund und umspielte mit seiner Zunge ihren Finger. Sie nahm den Fuß von seinem Rücken und stellte sich mit gestreckten, gespreizten Beinen hin. »Leck mich, Sklave. Aber fest und wild, dann ist deine Strafe gesühnt.« Paulas Stimme war fest und deutlich. Julian kroch zu ihr, hielt sich mit den Händen an ihren Stiefeln fest und begann behutsam, seine Zunge über ihre Knospe zu führen. Seine Zunge war warm und weich, er leckte genauso hingebungsvoll, wie er sich zuvor von ihr den Arsch hatte versohlen lassen. Doch Paula unterdrückte ihr Stöhnen. Über seinen Kopf hinweg fiel ihr Blick auf einen Spiegel, in dem sie sich beide sehen konnte. Immer noch hielt sie seine Kette in den Händen. Auf seinen Pobacken waren immer noch rote Striemen erkennbar. Seine Zunge flitzte nun schneller auf und ab, kreiste um ihre Eingänge und bohrte sich ein Stück in ihre Vagina. Im Spiegel konnte sie auch das Geschehen im Raum gegenüber verfolgen. Eine schwarzhaarige Domina in einem Stahlgeschirr ließ ihre Peitsche auf einen Sklaven schnellen, der unter den Schmerzen vor Lust aufstöhnte. Paula schloss die Augen. Julian leckte unerbittlich weiter, bis sie beim Höhepunkt laut stöhnte und tief durchatmete. Dann zog sie Julian hoch und schleppte ihn wieder in den Raum, aus dem sie ihn geholt hatte. Als sie die Schlüssel zurückgab, lobte sie seinen Gehorsam und seine Unterwerfung. Julian wurde wieder angekettet. Er stand der nächsten Herrin zur Verfügung.

Ein erotisches Geschenk

Ich bin mit Pierre sehr glücklich verheiratet. Pierre ist meine große Liebe. Ich habe ihn als Studentin in Paris kennengelernt – als ich Sprachen studierte, Französisch. Wir lernten uns in einer Studentenkneipe am Montmartre kennen. Er war kurz vor Beendigung seines Studiums der Wirtschaftsinformatik und hatte bereits ein gutes Jobangebot aus Deutschland in der Tasche. Seine Reise sollte nach Frankfurt gehen, und es war klar, dass ich ihm, sobald ich meine Prüfungen in Französisch bestanden hatte, folgen würde.

Ich lernte damals nicht nur Französisch, Pierre war außerordentlich experimentierfreudig und führte mich auch in diverse Liebesspiele ein. Es gab keinen besseren Platz als Paris, um mich in seine starken Arme fallen zu lassen und offen zu sein für jegliche Art von Sex und Liebesspielen. Pierre faszinierte mich mit seiner Männlichkeit, seinem dunklen Wuschelkopf, der behaarten Brust, dem muskulösen Körper und seinem süßen Akzent, wenn er mit mir deutsch sprach. Überhaupt sprach er viel – auch gerade beim Sex. Das törnte mich immer an. Auf gewisse Weise war ich ihm hörig, denn nie zuvor hatte ich in meinem Leben so guten Sex gehabt, so tiefe Orgasmen wie mit Pierre!

Aber warum erzähle ich diese Geschichte? Dies ist erst der Anfang. Und vor allen Dingen soll diese Geschichte Mut machen, zu mehr Phantasie und zu heißer Liebe mit viel gutem Sex, gerade wenn man sich schon viele Jahre kennt und – ja, genau wie in unserem Fall …

Wir heirateten vor zwei Jahren in Paris, es war ein rauschendes Fest, und meine Hochzeitsnacht mit Pierre war noch viel berauschender. Wir waren uns sicher, dass nichts auf der Welt unsere Sexsehnsüchte, unser gegenseitiges Verlangen und unsere Begierde aufeinander jemals stoppen könnte. Anderthalb Jahre nach diesem herrlichen Fest wurde ich schwanger, wir lebten schon seit einiger Zeit in Frankfurt. Pierre machte Karriere bei einer namhaften Computerfirma, und ich versuchte mein Glück mit diversen Dolmetscher-Jobs, die mich längst nicht so befriedigten, wie die heißen Liebesnächte mit meinem unglaublich erotischen Pierre. Umso glücklicher war ich, als der Schwangerschaftstest positiv ausfiel.

Die Schwangerschaft verlief unheimlich erotisch, ich hatte noch mehr Lust auf Pierre, meine immer schon großen, festen Brüste wurden noch schwerer, die Brustwarzen waren extrem sensibel gegenüber jeder Berührung. Und wenn ich mich im Spiegel ansah, den wachsenden Bauch und die großen Brüste, dann überkam mich nicht selten – tagsüber – die Lust, mich selbst zu befriedigen, meine flinken Finger reichten mir dabei völlig aus, ich legte mich nackt auf unser Schlafzimmerbett, beobachtete mich dabei in unserem Spiegelschrank und begann meine Brüste zu massieren, während die Sommersonne heiß durch unser Dachfenster schien und ich die Schweißperlen auf meinem Körper genoss. Nicht selten hielt ich meine Orgasmus-Sehnsucht zurück und wartete am Abend gierig auf Pierre, der mich endlos in die Nacht hinein streichelte, bis er tief in mich eindrang und dann sein Sperma über meinen großen, festen Brüsten ergoss.

Der Schock kam nach der Geburt, vor etwa einem halben Jahr. Schlagartig änderte sich unser Liebesleben. Das Kind schrie Tag und Nacht, und ich war permanent müde. Pierre arbeitete vermehrt außer Haus, um dem Kinderstress zu entgehen, und ich fand nach der Geburt meinen bisher wohlgeformten weiblichen Körper alles andere als attraktiv. Und obwohl Pierre mir anfangs immer wieder versicherte, dass er mich mehr denn je erotisch und außerordentlich attraktiv fand, ja, dass ich noch weiblicher ausschauen würde mit meinen Rundungen um meine Hüften, dem großen Busen, meinem prallen Po, hatte ich einfach keine Lust mehr auf Sex. Und so zog sich mein Mann zurück, unsere Ehe wurde zum Gewohnheitsspiel – zwischen Windelnwechseln und alltäglichen Pflichten.

Ich entschied mich eines Morgens, das Kind übers

Wochenende zu meinen Eltern zu bringen, um endlich wieder Zeit und Ruhe für Pierre zu finden, ja – um einfach unsere Ehe zu retten. Es war am Donnerstagabend.

Meine Mutter holte den Schreihals ab, und ich öffnete erwartungsvoll einen guten Rotwein aus der Bretagne und machte es mir auf der Couch bequem, bis Pierre zur Tür hereinkam. Er wirkte sehr angespannt und teilte mir mit, dass er kurzfristig am Freitag ins Büro musste. Merkwürdigerweise ging er auf meinen Ehekrach nicht näher ein, sondern stattdessen früh zu Bett – und als ich ziemlich betrunken am nächsten Morgen alleine in unserem früher so heißen Liebesnest aufwachte, war er schon weg – allerdings lag ein Brief auf seinem Kopfkissen. Hm, ja, und mit diesem Brief erwachte unser Liebesleben erneut.

»Mon amour, es tut mir so unendlich leid, dass ich dich heute alleine lassen muss, gerade jetzt, da unser Wurm außer Haus ist und wir endlich Zeit füreinander hätten. Aber Nadine, bitte versuche das Beste aus dieser Zeit zu machen, bitte nimm das Geld. Geh shoppen, kauf dir was Schönes, lass dich verwöhnen – und bitte schau jetzt unter das Kopfkissen. Schau es dir JETZT an und lies dann erst weiter …«

Verschlafen hob ich sein Kopfkissen und schaute verdutzt auf die Verpackung. »Smartballs« stand darauf, ich öffnete die Verpackung, und rote Kugeln kamen zum Vorschein. Ich nahm seinen Brief und las weiter:

»Ich habe etwas für dich eingekauft, Nadine, und ich möchte, dass du nun meine Anweisungen befolgst: Geh ins Bad und nimm, bevor du duschst, das Bodyfluid Gleitgel, das vor dem Spiegel am Waschbecken liegt, befeuchte deine Vagina damit, führe zwei deiner Finger hinein, deine Scheide ist nun groß genug nach der Geburt, und mach dich richtig nass damit, Nadine! Und nun führ die Smartballs in deine Scheide ein, ja, du hast richtig gelesen, steck sie tief in deine Scheide hinein. Tu, was ich dir sage. Und dann geh duschen! Ich bin noch nicht fertig, Nadine, während du nun heute den Tag für dich genießen sollst, lass diese Bälle in deiner Scheide, lass sie den ganzen Tag da drin, egal was du tust. Und entferne sie erst wieder, wenn du von mir eine Nachricht oder ein Zeichen erhältst. Bitte befolge meine Anweisungen. Jetzt wünsche ich dir einen erholsamen und aufregenden Tag – je t'aime, Pierre.«

Während ich seine Zeilen las, wurde ich bereits feucht zwischen meinen Beinen. Sein Brief, diese Art, wie er mir die Anweisungen diktiert hatte, in der rechten Hand dieses Spielzeug, es erregte mich bereits, bevor ich mich selbst an meiner Scheide berührte. Ich folgte seinen Anweisungen wie in Trance, ging ins Bad, nahm das Gleitgel, befeuchtete meine bereits nasse Vulva – auch tief innen in meiner Scheide –, spielte mit dem Gel noch etwas an meinen Brustwarzen herum, massierte mir damit sogar meine Brüste ein und dann, ja dann führte ich dieses Spielzeug ein. Ich stellte dabei ein Bein auf die Badewanne, spreizte die Beine noch mehr auseinander und ließ es langsam und immer tiefer in mich hineingleiten. Wow, es war hocherotisch. Die Kügelchen, die in den Bällen waren, rollten hin und her. Ich schloss meine Beine und spürte die Bälle, als wäre Pierre in mir. Und doch war es anders ... In meiner Phantasie wusste ich, dass dieses Gefühl mich nun den ganzen Tag begleiten würde, solange bis Pierre mich befreien würde. Wollte ich das überhaupt noch?

Nach dem Duschen frühstückte ich, und bereits beim Sitzen auf dem antiken Holzstuhl in der Küche wurde mir ganz heiß. Ich begann langsam mein Becken zu bewegen, und es erregte mich. Beim Laufen durch die Wohnung wurde dieses Gefühl noch intensiver, und ich stellte mir vor, wie ich damit in der Öffentlichkeit umzugehen hatte, damit niemand bemerkte, wie erregt ich war. Allein dieser Gedanke machte mich noch heißer!

Ich beschloss, schöne Dessous, ja, Reizunterwäsche zu kaufen. Ich hatte nur noch Lust auf schöne Spitzen-Dessous, in rot, schwarz, mit herrlicher Spitze, viel zu engem BH und kleinem, ganz kleinem Tangahöschen. Ja!

Ich nahm die S-Bahn. Intuitiv suchte ich die Öffentlichkeit auf und ein Verkehrsmittel, das mich richtig durchschüttelte. Während dieser Fahrt bekam ich meinen ersten Orgasmus an diesem Tag, und ich war mir nicht sicher, ob es die Kugeln waren oder nur meine Phantasie. Die S-Bahn war total überfüllt, überall kam man mit fremden Menschen in Berührung. Ich ergatterte einen schmalen Sitzplatz neben einem jungen Burschen am Fenster, und während der Fahrt überkam es mich wie im Rausch. Ich bewegte mein Becken mit den Bewegungen der Bahn und atmete leicht ans Fenster, dabei beschlug das Glas, mit der linken Hand fuhr ich über meinen eigenen Atem, schaute zu dem Jungen, und als dieser mir tief und auch überrascht in die Augen sah, kam ich. Ich stöhnte leise auf, zuckte kurz, und bei der nächsten Haltestelle stieg ich – selbst verwirrt, erleichtert, erschöpft, ja, sogar lachend – aus der S-Bahn. Was mochte wohl in dem Jungen vorgegangen sein?

Nachdem ich mir traumhafte schwarze, viel zu kleine Dessous-Unterwäsche besorgt hatte, meine Brüste quollen aus dem Spitzenteil nur so heraus, und das Höschen klemmte sich in meinen Pobacken fest, beschloss ich zu einem Masseur zu gehen. Ich bestand darauf, von einer Frau massiert zu werden, ebenso wollte ich unbedingt meine neu ergatterte Unterwäsche anbehalten. So begann das Spiel von neuem. Ich hatte Glück, die Dame war mittleren Alters, und ich glaube, sie spürte, was mit mir los war. Sie massierte mich abwechselnd sanft und wieder hart, strich mir langsam zwischen den Beinen entlang und massierte auf meinen Wunsch endlos lange den Unterleib. Sie musste die Kugeln spüren. Es erregte mich erneut. Ich stöhnte leise, versuchte es aber zu kaschieren, indem ich mit ihr sprach. Meine Worte wurden schneller, und Schweiß bildete sich auf meiner Stirn. Ich bat sie aufzuhören, ich wollte nicht vor ihr kommen. Schnell zog ich mich an, rannte zur Toilette und während ich mich hinsetzte, das Höschen abstreifte, holte ich meine Brüste heraus und kam erneut, auf der Toilette. Die Kugeln – brav, wie befohlen – in meiner Vagina verhalfen meiner Phantasie zu lustvollen Höhenflügen.

Erschöpft ließ ich mich mit dem Taxi nach Hause fahren. Erwartungsvoll schenkte ich mir einen Drink ein, entkleidete mich, legte schöne Chansonmusik ein, setzte mich auf meinen Schwangerschafts-Gummiball – wohl wissend, dass mich dies erneut erregen würde. Ich wippte mit geschlossenen Augen auf dem großen Ball hin und her. In mir die kleinen Bälle, ständig an meine Scheidenwände stoßend. Ich wartete ungeduldig auf eine Nachricht von Pierre. Ich war schon ganz benommen und erneut zum dritten Mal an diesem Tag hocherregt, als die Tür aufging und Pierre hinter mir stand. Er flüsterte mir ins Ohr, ich solle mich nicht umdrehen. Er streichelte meine festen Brüste und stöhnte leise auf, als er mit seinen Fingern über mein nasses Höschen strich und ich spürte, dass er sich dabei selbst rasch auszog.

»Nadine, die Vorstellung, dass du den ganzen Tag mit diesen Bällen in der Öffentlichkeit herumgelaufen bist, hat mich im Büro völlig erregt. Mon dieu, wie geil du ausschaust. Dreh dich um!«

Ich drehte mich auf dem Ball um und hatte seinen großen, harten Penis vor meinem Gesicht. Ich konnte es nicht erwarten, ihn sanft mit meiner Zunge in meinen Mund zu führen, und während ich ihn zärtlich und wild zugleich mit dem Mund stimulierte – hm, er schmeckte so gut und er war so unglaublich erregt – bewegte ich mich mit meinen Bällen in meiner feuchten Scheide auf diesem Gummiball. Als ich zum dritten Mal an diesem Tag völlig außer mir und sehnsüchtig kam, ergoss sich sein Sperma in meinen Mund, über meine roten Lippen und auf meine prallen Brüste.

Hier endet meine Geschichte. Und während ich sie erzähle, spüre ich, wie die Erregung erneut in mir aufsteigt, denn wieder trage ich meine Smartballs, warte, bis sich die Tür öffnet und ich Pierre erneut verführen kann. Ich liebe das Leben und den Sex mit Pierre. Hm, ich glaube, er kommt …

Annabell

Annabell. Immer wieder dieser Name: Annabell. Er geht mir im Kopf herum, und ich kann nichts dagegen tun, immer wieder drehen sich meine Gedanken um sie: Annabell. So schön, so anmutig wie sie ist sonst keine. Ich bin verrückt nach ihr. Wenn ich an sie denke, wird es mir warm ums Herz und noch ganz woanders … Aber ich werde der Reihe nach erzählen, was sich diesen Sommer zugetragen hat.

Annabell ist die ältere Schwester meines besten Freundes Benedikt. Ich hatte schon immer etwas für sie übrig, sie war lustig, frech und einfach wunderschön mit ihren langen blonden Locken und den eisblauen Augen. Mein Verlangen nach ihr wurde mir erst nach und nach bewusst, bis ich an sie nicht mehr dachte als Benedikts Schwester, sondern als Frau meiner Träume. Wir waren zusammen im Freibad, als es plötzlich PLING machte. Der Verschluss ihres Bikinioberteils war auseinandergebrochen, und so fiel das Oberteil an ihr herunter und gab den Blick auf ihre wundervollen Brüste frei. Ich starrte sie durch meine Sonnenbrille an, konnte meine Augen gar nicht von ihr abwenden. Sie lachte nur, hielt sich einen Arm vor die Brust, der jedoch mehr frei ließ als er verdeckte und schlenderte in aller Seelenruhe quer über die Wiese zum Schwimmbecken, in dem ihre Freundin Bahnen zog. Wie eine Trophäe hielt sie ihr kaputtes Oberteil hoch und rief, dass sie ein neues Oberteil brauche. Das war der Augenblick, in dem ich mich in sie verliebt habe. Wie sie da unschuldig am Beckenrand stand und alles einfach komisch fand. Jeder anderen wäre es furchtbar peinlich gewesen. Von diesem Moment an konnte ich kaum in ihrer Nähe sein, ohne rot zu werden oder herumzustottern. Keinen klaren Gedanken konnte ich mehr fassen. Ich träumte von ihr, dachte an sie, während ich an mir herumspielte, und stellte mir vor, wie es wohl sein würde, mit ihr zu schlafen. Einerseits konnte ich mir das nicht vorstellen, da ich noch nie mit einer Frau geschlafen hatte. Andererseits konnte ich es mir mit ihr sehr gut vorstellen. Nur mit ihr. Annabell …

In den folgenden Wochen dachte ich nur noch an sie, war ihr total verfallen und traute mich doch nicht, es irgendjemandem – geschweige denn ihr – zu gestehen. Stattdessen war ich viel allein, versank in Tagträumereien und war für meine Freunde der pure Langweiler. Eines Tages fuhr ich mit meinem Fahrrad zu dem kleinen See, der ein gutes Stück hinter der Stadtgrenze lag. Dort angekommen, sah ich sie. Annabell. Sie saß allein auf der Wiese vor dem See. Plötzlich begann sie, sich auszuziehen. Ich hielt an und versteckte mich in den Büschen, denn ich wollte nicht gesehen werden. Sie streifte ihre Kleidung ab und lief ins Wasser, um ein wenig zu schwimmen. Neugierig beobachtete ich sie, ihren wunderschönen Körper, der bald wieder aus dem kühlen Nass herauskam. Mir wurde meine Hose eng, während ich ihre vollkommenen Brüste betrachtete und das blonde Dreieck, das geheimnisvoll dalag. Annabell legte sich ins Gras, ließ die Sonnenstrahlen an jeden Zentimeter ihres Körpers und schloss die Augen. Erregt von diesem Anblick stand ich im Dickicht und traute mich nicht, mich zu bewegen. Bald drehte Annabell sich auf den Bauch, so dass ich nun ihre wunderschöne Hinteransicht vor mir hatte. Ihr Po sah aus wie ein reifer Apfel, fest und rund. Wie würde es sein, sich mit diesem Körper zu vereinen? Ich schloss die Augen und versank wieder einmal in einem Tagtraum, stellte mir vor, sie zu berühren, zu streicheln – und von ihr berührt und gestreichelt zu werden. Plötzlich schreckte ich auf. Die Äste neben mir knackten, ich musste wohl gestolpert sein. Annabell stützte sich auf die Unterarme und blinzelte durch das grelle Sonnenlicht in meine Richtung. Ziemlich erschrocken stolperte ich einen Schritt zurück und fiel hin. Annabell stand auf und ging mit einem kurzen Blick zu mir herüber wieder ans Wasser. Gott sei Dank, sie hat mich nicht gesehen, fuhr es mir durch den Kopf. Vom Boden aus betrachtete ich sie weiter, wie sie auf einmal begann, zu tanzen und an ihren Brüsten zu spielen, während sie den Kopf in den Nacken legte. Ihre Bewegungen waren so weiblich, so weich und fließend. Wieder schloss ich die Augen. Als ich sie wieder öffnete, stand sie plötzlich vor mir. Ich sah ihre Füße vor mir und erstarrte. Erst als sie mich ansprach, traute ich mich, den Kopf zu heben. Langsam glitt mein Blick an ihren Beinen entlang, verharrte einen Moment in der dunklen Tiefe ihres Schoßes, bewegte sich weiter über ihre Brüste, bis ich in ihre blauen Augen sah. Sanft zog sie mich hoch und erklärte, dass sie mich längst gesehen hatte. Ich stotterte herum, wurde rot und wollte nur noch mein Fahrrad nehmen und abhauen. Doch sie ließ mich nicht gehen. Stattdessen zog sie mich näher zu sich heran und begann, mich zu küssen. Annabell! Sie hat mich geküsst! Willenlos und völlig überrumpelt ließ ich es geschehen. Meine Gefühle fuhren Achterbahn, mein Magen krampfte sich zusammen. Einerseits war ich einfach überglücklich, andererseits war mir schlecht vor Nervosität. Sie begann, mein Hemd aufzuknöpfen. Ich wollte etwas sagen, sie zurückhalten – und auch wieder nicht –, aber sie legte ganz ruhig einen Finger auf meine Lippen und flüsterte mir zu: »Lass es nur geschehen und mich dir zeigen, wie schön es ist …« Hin- und hergerissen zwischen dem Wunsch, meinen Traum zu verwirklichen, und der nervösen Angst, die mir im Nacken saß – Würde es wirklich so werden wie in meiner Vorstellung? Würde ich vielleicht versagen? Was, wenn man uns entdeckte? –, ließ ich mich schließlich auf das Abenteuer ein. Annabell streifte mir das Hemd ab und half mir aus meiner Hose heraus. Sie griff nach meinem besten Stück und hielt es fest in den Händen. Nie zuvor hatten fremde Hände mich hier berührt. Es fühlte sich so viel besser an als meine eigene Hand, sanfter und weicher. Annabell legte sich ins Gras und zog mich mit ihr herunter, wo wir unsere nackten Körper aneinander pressten und uns küssten. Ich spürte ihre warme, weiche Haut an meiner, fühlte meine eigene Körperbegrenzung nicht mehr, sondern ließ mich mit Annabell verschmelzen. Dann drehte sie mich auf den Rücken und kam über mich. »Jetzt wird es passieren«, flüsterte sie, und einen Augenblick später war ich in ihr. Warm und eng umschloss sie mich, während sie mich wieder küsste und langsam begann, sich zu bewegen. Ich war völlig überwältigt von diesem Gefühl, eins mit ihr zu sein, diesem wunderschönen Körper so nah zu sein – ja, *in* ihm zu sein. Fest umschlungen hielten wir uns fest, rollten zur Seite über die Wiese, so dass mal ich, mal sie oben war. Die ganze Zeit steckte ich tief in ihr drin. Dann lag ich wieder auf dem Rücken, und sie setzte sich auf, bewegte sich immer heftiger. Die Erregung, die ich spürte, übertraf alles, was ich bislang je erlebt hatte. Ich sah auf Annabells Brüste, die direkt vor meinen Augen auf und ab wippten, ihren lustvollen Blick, während sie mich ritt und mir einen Orgasmus verschaffte, der mir ganz neue Dimensionen eröffnete. Mein Saft tropfte aus ihr heraus, als sie sich neben mich fallen ließ. Einige Zeit lag ich neben ihr, betrachtete ihren erschöpften Körper und konnte noch gar nicht fassen, dass ich soeben zum Mann geworden war. Es wurde schon dunkel, als wir unsere Klamotten anzogen und uns auf den Weg nach Hause machten. Zum Abschied küsste sie mich zärtlich auf den Mund. »Es war schön mit dir«, flüsterte sie mir noch zu. Ich wollte antworten, brachte aber keinen Ton heraus, und so blieb ich wortlos stehen, als sie sich umdrehte und davonfuhr. Kurz drehte sie sich noch einmal um und zwinkerte mir zu. In der darauffolgenden Nacht träumte ich wieder von ihr. Als ich wach wurde, erinnerte ich mich, dass dieser Traum ja Wirklichkeit geworden war. »Ich habe mit Annabell geschlafen!«, rief es in mir. Überglücklich schlief ich wieder ein.

Am nächsten Tag war Annabell verschwunden. Benedikt wunderte sich, als ich ihn einige Tage später fragte, wo denn seine Schwester sei. Die sei doch nach München gezogen, zum Studieren, klärte er mich auf. Ich habe sie bis heute nicht wieder gesehen. Aber den ganzen Sommer lang träumte ich von ihr und spürte den Zauber unserer Begegnung.

Maries Doppelleben

Marie war eine recht unscheinbare Frau. Erst vor kurzem hatte sie den Job in der Anwaltskanzlei von Paul Rosen angenommen. Die Mitarbeiter wussten kaum etwas über sie, denn sie sprach nur wenig und konzentrierte sich vollkommen auf ihre Arbeit. Für ihre 26 Jahre sah sie schon ziemlich alt aus, da sie sich eher bieder kleidete, die Haare immer zum Zopf gebunden trug und sich nie schminkte. Marie fand es amüsant, dass sie geheimnisvoll auf ihre Kollegen und ihren Chef wirkte, und ging jeder Frage zu ihrer Person aus dem Weg.

Was niemand wusste, war, dass Marie noch einen zweiten Job ausübte, der mit ihrem Leben als spießige Anwaltsgehilfin überhaupt nichts zu tun hatte. Maries zweites Ich nannte sich Madame Dolor und war mit Leib und Seele Domina. Eigentlich verdiente sie mit ihrem nächtlichen Job genug Geld, doch sie brauchte den Ausgleich und lebte so ein Doppelleben: eins als spießige und unscheinbare Frau am Tage und eins als verführerische dominante Frau in der Nacht. Niemand wusste von ihrem Doppelleben, nicht mal ihre engsten Freunde. Jeden Abend gegen elf Uhr verließ sie ihre Wohnung in Düsseldorf, um in Köln im Nachtclub Moulin Rouge ihrem Zweitjob nachzugehen. Wie sie zu dem Job gekommen war, war eine eher ungewöhnliche Geschichte. Durch einen One-Night-Stand ein paar Jahre zuvor gelangte sie an einen sehr dominanten Mann. Er hatte sie ans Bett gefesselt und ihr die Augen verbunden, und sie war ihm vollkommen ausgeliefert. Diese Rolle hatte ihr gar nicht gefallen, denn sie hatte lieber selbst die Kontrolle. Nach diesem Erlebnis wollte sie auch mal die andere Seite erleben und entschied sich dazu, in einen Swingerclub zu gehen, um es einmal auszuprobieren. Dort gab es mehrere Themenräume, in denen man verschiedene Fetische ausleben konnte. Marie hatte sich für diese Gelegenheit komplett neu eingekleidet und war in einem schwarzen Lack-Catsuit mit Maske und schwarzen, kniehohen Lederstiefeln erschienen. Man zeigte ihr den SM-Raum, in dem schon ein williger Sklave auf seine Herrin wartete. Marie betrachtete die Folterinstrumente, die aufgereiht an der Wand hingen. Sie setzte sich auf den schwarzen, thronartigen Stuhl, der mitten im Raum stand, und befahl dem Mann, sich ihr auf Knien zu nähern. Devot hockte er vor ihr und erwartete ihre Befehle. Sie streckte ihm ihre Stiefel entgegen, und er begann, wie ein Wahnsinniger daran zu lecken. Immer wieder stieß sie ihn mit den spitzen Absätzen ihrer Stiefel von sich weg, doch er lechzte nach ihr und bettelte darum, weitermachen zu dürfen. Dann stand sie auf und griff nach der Leine, die um seinen

Hals hing. Sie zog ihn wie einen Hund hinter sich her und band ihn schließlich an einer Kette, die von der Decke hing, fest. Dann nahm sie eine der Peitschen von der Wand und peitschte ihn mehrmals aus. Unter jedem Peitschenhieb stöhnte er auf und schien die Folter sichtlich zu genießen. Auch Marie gefiel ihre Rolle als Herrin über einen hilflosen Sklaven. Sein Rücken war bereits mit roten Striemen übersät, doch er forderte nach weiteren Hieben. Marie kam seinem Wunsch nach und peitschte weiter auf ihn ein. Er wand sich unter ihren Schlägen. Noch ein weiteres Mal schlug sie mit der Peitsche zu, als er mit einem lauten Schrei zum Orgasmus kam. Ein berauschendes Erlebnis, und prägend noch dazu!

Dieses Abenteuer bestätigte Marie in ihrem Wunsch, einen Job als professionelle Domina anzunehmen, und sie heuerte im Moulin Rouge in Köln an. Sie hatte sich einen eigenen Folterkeller eingerichtet und empfing nun als Madame Dolor ihre Kunden.

Es war ein Freitagabend, und Marie war wieder einmal auf dem Weg nach Köln. Sie war etwas spät dran, da ihr Chef ihr noch viel Arbeit hinterlassen hatte, die unbedingt vor dem Wochenende erledigt werden musste. Er hatte von irgendeinem wichtigen privaten Termin geredet und bereits gegen Mittag das Büro verlassen. Also blieb alles an ihr hängen. Nachdem sie alles abgearbeitet hatte, war es bereits sieben Uhr, und sie hatte noch eine Vorbereitung für die Nacht vor sich. Der Chef des Nachtclubs hatte sie gebeten, sich etwas Besonderes auszudenken, da sich ein alter Stammkunde angekündigt hatte, der nun schon seit einigen Jahren nicht mehr im Club war. Also hatte sie ein paar neue Instrumente besorgt, unter anderem ein Elektroschock-Gerät und einen Strap-on-Dildo. Es war schon faszinierend zu erfahren, wie viele Männer heimlich davon träumten, anal penetriert zu werden, es aber nie zugeben würden. Bei ihr konnte jedoch jeder Mann all diese geheimen Wünsche ausleben und musste sich für nichts schämen.

Gegen Mitternacht erreichte sie das Moulin Rouge und zog ihre Arbeitskleidung an. Sie trug ein knallrotes, sehr kurzes Lackkleid und schwarze Strapse und Strümpfe. Dazu zog sie schwindelerregend hohe High Heels und eine schwarze Maske an, die ihren gesamten Kopf bedeckte. In ihrem Keller erwartete sie bereits der angekündigte Gast. Bekleidet nur mit einem schwarzen String und einem Halsband, hockte er auf dem Boden. Als Marie ihren Kunden erkannte, stockte ihr für eine Sekunde der Atem. Es war Paul, der Chef der Anwaltskanzlei. Was sollte sie nun tun? Sie wusste, dass er sie nicht erkennen würde, und dass er schon gar nicht von seiner unscheinbaren Gehilfin erwarten würde, dass sie eine Domina war. Aber konnte sie ernsthaft ihren Chef foltern? Die Situation war ihr irgendwie unangenehm. Doch sie ließ sich nichts anmerken, atmete einmal tief ein und trat mit sicheren Schritten auf ihren Sklaven zu. »Hast du schon auf mich gewartet?«, fragte sie ihn mit dominanter Stimme. »Ja, Herrin ... ich mache alles, was Sie mir befehlen.« Innerlich musste Marie schmunzeln, nahm ihre Peitsche und schlug einmal kräftig auf Paul ein. Er schrie auf vor Schmerz, und Marie wusste, dass es ein amüsantes Erlebnis werden würde. Sie packte ihn kräftig an seinem Halsband, so dass ihm kurz die Luft wegblieb, und setzte ihn auf den ledernen Sessel, der mitten im Raum stand. Dann nahm sie ihr neues Spielzeug, den Elektroschocker, zur Hand und schaute ihrem Sklaven direkt ins Gesicht. Ihr autoritärer Chef war nun vollkommen in ihren Händen, und diese absolute Macht erregte Marie so sehr, dass sie ganz feucht wurde. Sie klemmte beide Enden des Gerätes an seine Brustwarzen und ließ einen ersten Schock durch seinen Körper laufen. Er zitterte und stöhnte vor Erregung laut auf. Immer und immer wieder gab sie ihm kurze Schocks und knallte ihm dabei gleichzeitig kleine Peitschenhiebe auf seinen steifen Schwanz. »Wer ist deine Herrin?«, rief sie ihm zu. »Madame Dolor ist meine Herrin«, schrie er und musste dabei immer wieder stöhnen unter den Schmerzen, die ihm zugefügt wurden.

Nach einer Weile ließ sie von ihm ab und nahm die Klammern von seinen Brustwarzen. Wieder befahl sie ihm, sich auf allen vieren auf den Boden zu begeben. Er tat, wie sie befahl, und erwartete seine weitere Folter. Marie band sich den Strap-on-Dildo um und rieb ihn dick mit Gleitgel ein. Auch ihre schwarzen Latexhandschuhe bestrich sie mit

Gleitgel und steckte dann einen Finger tief in seinen Arsch. Die unerwartete Penetration erschreckte Paul erst, und man konnte Panik in seinem Gesicht erkennen. Doch nach einigen Sekunden hatte er sich an das Gefühl gewöhnt und begann vor Erregung zu stöhnen. Kurz darauf drang Marie mit der vollen Pracht ihres Dildos in ihn ein. Mit schnellen stoßartigen Bewegungen bewegte sie den Schwanz in seinem Arschloch hin und her und zog gleichzeitig fest an seinem Halsband. Die Kombination aus Würgen und analer Penetration brachte völlig unbekannte Gefühle in ihm hervor. Marie konnte seine Erregung deutlich spüren und stieß den Dildo immer härter in Pauls Arsch hinein. Dann umschloss sie mit einer Hand fest seinen Schwanz und begann, ihm gleichzeitig einen runterzuholen. Pauls Kopf wurde ganz rot, da er durch das Ziehen am Halsband kaum noch Luft bekam. Immer wieder befahl sie ihm, ihren Namen zu rufen, doch er brachte kaum noch ein Wort heraus. Marie war durch ihre unglaubliche Machtstellung selbst so erregt, dass sie das Gefühl verspürte, selbst ebenfalls zu kommen. Sie nahm einen weiteren Dildo zur Hand und steckte ihn sich tief in ihre feuchte Fotze. Die Verbindung zwischen Paul und ihr war gefüllt mit Lust und Verlangen. Schneller und härter wurden die Bewegungen zwischen ihnen. Marie spürte, dass Paul bald kommen würde, und gab ihm noch mal einen heftigen Stoß in den Arsch. Unter lautem Stöhnen ergoss er sich und spritzte den gesamten Boden unter ihm mit seinem heißen Lustsaft voll. Sie ließ von ihm ab und befahl ihm dann, die Sauerei wieder sauberzumachen und seinen Samen vom Boden zu lecken. Willig kam er ihrer Aufforderung nach. Als alles sauber war, zog Marie den Dildo aus, setzte sich auf den Stuhl und wollte nun auch zu ihrem Recht kommen. Sie legte beide Beine über die Armlehnen, befahl Paul, sich vor sie zu hocken und ihr die Möse zu lecken. Artig setzte er sich zwischen ihre Beine und begann, ihre Scheide mit seiner Zunge abzuschlecken. Dabei packte Marie ihn heftig an seinem Halsband und drückte sein Gesicht immer tiefer in ihre warme Höhle. Er leckte sie wild, wie ein Hund seinen Napf ausleert, und steckte ihr immer wieder die Zunge tief in die Scheide. Es dauerte nicht lange, da ergoss auch sie sich in seinen Mund. Er saugte sie bis auf den letzten Tropfen leer und sank dann mit hochrotem Kopf in sich zusammen. Noch einmal schaute sie ihm direkt ins Gesicht und dachte, ein kurzes Blinzeln in seinen Augen zu erkennen. Hatte er sie etwa doch erkannt?

Der Club

In meinem Freundeskreis wurde viel über diese Location gemunkelt, alle wollten etwas darüber wissen, aber niemand hatte wirklich eine Ahnung, was dort tatsächlich so passierte. Die Vorstellungen gingen auseinander, von alles ganz normal, nur ein bisschen mehr nacktes Fleisch, bis zu dem totalen Sündenpfuhl, jeder mit jedem, überall. Sogar im Fernsehen hatte ich schon Beiträge gesehen, welche aber auch nicht wirklich preisgaben, was denn nun wirklich in diesem Laden geschah. Kunststück, dachte ich, damit machen sie den Leuten den Mund wässrig, und nachher ist es doch nur ein Tanztempel wie jeder andere. Alle meine Freunde beriefen sich auf zugetragene Halbwahrheiten, aber keiner wollte jemals drin gewesen sein. Mir war bekannt, dass es eine Hürde am Eingang zu nehmen gab. Es war die gefürchtete Türsteherin, die einem die Hosen auszog, wenn man die falsche anhatte, wie mir gesagt wurde. Man musste im Fetisch-Outfit dort erscheinen, eine gutaussehende Frau im Schlepptau haben oder schwul sein, sonst kam man nicht über die magische Schwelle hinaus. Leider entsprach ich keinem dieser Faktoren und rätselte herum, was ich denn anziehen könnte, denn meine Neugierde ließ mich bald nicht mehr los. Viel Geld ausgeben wollte ich für diese Exkursion nicht, da hatte ich meinen Stolz, nein, der Eintritt war schon genug, und trinken wollte ich ja auch noch was. Als Student hat man das Kleingeld nicht so reichhaltig in den Taschen. Ich besaß eine enge, schwarze Lederjeans, und ich konnte ja meinen Oberkörper frei machen; ob das wohl reichen würde? Egal, ich wollte es wissen. Eines Samstagnachts machte ich mich dann auch wirklich auf den Weg. Das Reinkommen war kein Problem, lag wohl an meinem hübschen Gesicht, denn die schöne Frau an der Tür lächelte mich wohlwollend an, als ich ihr sagte, dass ich noch meinen Oberkörper frei machen würde. »Ja, aber mindestens!«, sagte sie, grinste in sich hinein und sah mich so eindeutig zweideutig an, dass ich ganz verlegen wurde. Die stampfenden Techno-Rhythmen hatte man schon draußen auf der Straße gehört, nun erfüllten sie den Gang, in dem ich mich auszog. Die Frau an der Garderobe hatte einen riesigen blanken Busen. Ich wusste gar nicht, wo ich hingucken sollte, als ich ihr meine Jacke gab. Sie sah mich verständnislos an und reichte mir ein Zettelchen mit einer Nummer drauf. »Nicht verlieren!« »Nö, nö«, stammelte ich nur, und bewegte mich schnell fort von diesem Busenwunder. Solche großen Dinger schüchterten mich immer ein wenig ein. Mit einem Mal stand ich inmitten einer riesigen Horde dampfender und stampfender Feiervolk-Leute, die

Frauen waren alle leicht bekleidet, oft nur mit BH und Höschen, oder sie hatten irgendwelche für mich undefinierbaren Stofffetzen um ihren Körper drapiert. Die Typen tanzten fast alle mit nacktem Oberkörper und hatten wie ich nur noch Hosen an. Das Schwarzlicht dominierte die Deko in dem Saal, und überall an den Wänden waren riesige, obszöne Bilder, die mich ganz wuschig machten. Ich wusste zuerst gar nicht, wohin ich mich wenden sollte, und blieb wie angewurzelt stehen, um die Szenerie auf mich wirken zu lassen. Hat irgendwie was vom CSD, dachte ich noch, als ich direkt neben mir zwei schwule Kerle knutschen sah, da kam auf einmal eine Frau an mir vorbei, die sich splitternackt durch die Leute quetschte. Ich sah ihr irritiert nach, ich wusste zwar noch nicht im Entferntesten, was ich von diesem Laden halten sollte, aber unangenehm war es auf keinen Fall. Die Weiber sahen fast alle ziemlich cool und sexy aus, was mir mein Kumpel zwischen den Beinen versicherte, und ich war froh, dass ich ihn fest in der Lederhose versteckt hatte, aber da sah ich doch tatsächlich, wie an einem der Pfeiler ein Typ stand, der seinen Prengel rausgeholt hatte, wichste und angestrengt in eine bestimmte Richtung glotzte. Ich folgte seinem Blick, und dann sah ich *sie*. Auf der Empore der Tanzfläche bewegte sich eine Frau. Sie sah aus wie eine Lady und hatte irgend so ein Abendkleid an, aber was sie damit tat, war gar nicht so damenhaft wie ihr Outfit. Sie hob beim Tanzen ihren Rock an und zeigte der Menge zu ihren Füßen ganz ungeniert ihre blanke Möse. Mir stockte der Atem. Sie sah aus wie ein Model, die Haare hochgesteckt, ja diese ganze Frau glitzerte wie eine traumhafte Zuckerpuppe, und sie spreizte dabei ganz lasziv ihre Beine. Dann drehte sie sich um und gab ihr süßes Hinterteil zum Anblick frei. Ihre schlanken Beine bewegten sich im Takt, und wenn sie sich vornüberbeugte, konnte man genau ihre wunderhübsche Muschi betrachten. Ein ganzer Knäuel Männer hatte sich unter ihr versammelt und feuerte sie an, noch mehr zu geben. Die Typen, die auf der Empore neben ihr tanzten, versuchten ständig sie anzufassen, aber sie wehrte sie gelassen ab, war ganz mit sich selbst und der Musik beschäftigt. Mein harter Kumpel deutete mir, dass ich doch näher rangehen sollte, wenn ich schon mal da war, und dagegen hatte ich nichts einzuwenden. Ich schob mich also langsam durch die Massen und landete endlich unter der schönen Frau. Sie blickte hinunter und schenkte ihrem Publikum ein strahlendes Lächeln, und dabei rieb sie ihren Kitzler, als wäre nichts dabei. Ich glaube, ich muss ziemlich blöd aus der Wäsche geguckt haben, denn sie lachte plötzlich und warf dabei ihren Kopf in den Nacken, drehte sich um und streckte uns ihren entzückenden Popo entgegen. Um mich herum tanzten die Leute, und die heiße Dame schien meines Erachtens nach auch ganz privat zu sein, kein bezahltes Gogogirl oder so. Sie hatte einfach Spaß daran, ihre Zuschauer aufzugeilen. Mir lief der Speichel im Mund zusammen, und mein kleiner Freund wurde langsam größenwahnsinnig. Die Hose war scheißeng und kniff mittlerweile unangenehm, aber ich konnte den Blick nicht abwenden. Sie bewegte sich wie eine Schlange, ihre Hüften wogten perfekt zum Beat, und manchmal streckte sie ihre Beine langsam zur Seite aus, strich mit den Händen ihre Schenkel entlang und beugte ihren Oberkörper nach vorn, so dass man ihre kleinen spitzen Brüste sehen konnte. Gerne hätte ich nach ihren Nippeln gegriffen, aber schon stand sie wieder aufrecht und raffte wieder ihren Rock hoch. Mir wurde ganz schwindelig, ihre fleischige, rosa Muschi lag offen vor mir, und die rot lackierten Fingerspitzen huschten über den geilen Knoten. Dann verschwanden ihre Finger in ihrem Loch, kreisend kurvten sie in dem gierigen Schlund umher. Dann zog sie die Hand heraus und steckte einem Typen, der neben mir tanzte, ihre Finger in den Mund, er leckte begeistert ihren Saft und schien ganz außer Rand und Band. Ihr Kleid war von den Schultern gerutscht, und der Kerl, der hinter ihr stand, knetete ihre Titten, nahm die Warzen zwischen die Finger und kniff sie leicht; das schien ihr sehr zu gefallen. Sie schob im Takt ihre Hüften nach vorne und lehnte sich rücklings gegen seine breite Brust. Mit einer Hand spreizte sie ihre Schamlippen, und mit der anderen bearbeitete sie ihre Perle; der Rhythmus schien sich ihrem Spiel anzupassen, wurde immer ekstatischer, um mich herum johlte die Menge zum Technobeat, und die Lady vor mir wichste sich gekonnt ihre Pussy. Ihre dunklen Augen glänzten vor Geilheit, und sie leckte sich ihre Lippen. Ich versuchte auch zu tanzen, aber irgendwie kam ich immer wieder aus dem Takt, mein Blick suchte zwischendurch eine Ablenkung, wurde aber immer wieder von diesem heißen Schauspiel angezogen. Die Luft kochte, meine Lederhose war viel zu warm, und von meinem Oberkörper tropfte der Schweiß. Ich sah, wie auch ihr der Saft aus der Möse floss. Sie bog ihren Rücken durch und wurde nun von zwei Männern gehalten, die sie abstützten, damit sie sich weiter reiben konnte. Einer von ihnen saugte an ihren Brüsten, sie zuckte und zappelte, schien immer wieder kurz davor zu sein, machte dann aber weiter. Die Frisur hatte sich ein wenig aufgelöst, und ein paar dunkle Strähnen hingen jetzt vor ihrem erhitzten Gesicht. Es war wunderschön, wie sie sich ihrer eigenen Geilheit hingab, aber sie machte es sich allein. Immer wieder wollten fremde Hände nach ihr greifen, doch sie wehrte entschieden ab. Ich dachte immer wieder, oh nein, das ist nicht möglich, und dann, das glaubt mir keiner, wenn ich das erzähle, und doch war sie plötzlich direkt vor meiner Nase. Ich riss mich von ihrem Anblick los und wollte mir endlich etwas zu trinken holen, mein Kumpel in der Hose protestierte zwar, aber ich wollte mich in Sicherheit bringen, denn sonst hätte ich sie noch angesprungen. Als ich das nächste Mal zur Empore blickte, war sie nicht mehr da, verdammt! Wo war sie? Eine andere Frau in einem durchsichtigen Kleidchen tanzte mit ihrer Freundin, die auch nicht viel mehr anhatte, an ihrer Stelle. Die Frau hinter der Bar sah mir ins Gesicht und fragte mich irgendetwas, ich blickte ihr verständnislos ins bildhübsche Gesicht, dann an ihr herunter und sah schon wieder eine glattrasierte Möse, diesmal unter einem Patronengürtel. Oh Mann, ich war im Paradies, oder doch eher in der Hölle? Ach ja, ich wollte doch was trinken. Es dauerte ziemlich lange, bis ich endlich meinen Drink hatte, an dem ich mich dann tapfer festhielt, denn neben mir vögelte ein Pärchen auf dem Barhocker. Plötzlich rauschte *sie* an mir vorbei in Richtung Ausgang, mein kleiner Freund schreckte auf und schickte mich hinter ihr her. Ich nahm die Verfolgung auf. Sehnsüchtig beobachtete ich aus der Ferne, wie sie sich komplett auszog, um dann in ein paar verwaschene Jeans, ein T-Shirt und einen Pulli zu schlüpfen. Ich hätte sie gerne angesprochen, aber sie war so beschäftigt. Und außerdem, wie sollte ich das anstellen, was sollte ich ihr sagen? »Hey, tolle Show!« Oder was? Mir blieben die Worte im Halse stecken, dann war sie weg. Mein Hosenkumpel regte sich noch höllisch auf und beschimpfte mich, ich sei ein blöder Feigling, und wahrscheinlich hatte er recht. Doch ich komme wieder, so viel steht fest. Vielleicht nächstes Mal, wer weiß.

Rien ne va plus

Die Atmosphäre war von knisternder Spannung erfüllt. Außer der rollenden Kugel am Roulettetisch und dem Rascheln der Spielkarten an kleineren Tischen ringsum war kein Geräusch zu vernehmen. Selbst die leisen Gespräche waren für einen Moment verstummt. Ein grauhaariger Herr in schwarzem Dreiteiler mit Fliege hatte die Hälfte seiner Jetons auf Rot gesetzt, nun ging es um alles oder nichts. Den ganzen Abend hindurch hatte er ein außerordentliches Geschick beim Roulette bewiesen. Gewann er dieses Spiel, wäre er der Gewinner des Abends. Ging es daneben, waren wieder alle Möglichkeiten offen. Dann hätten fünf bis sechs weitere Herren wieder Aussicht auf den Hauptpreis.

Es war keine gewöhnliche Spielerrunde, die sich heute hier im Casino versammelt hatte. Es ging nicht um Geld, sondern um Macht. Macht über eine Frau, die sich dem Gewinner für einen Abend in jeder Hinsicht unterwerfen würde. Die Spieler waren ausschließlich Männer, allerdings hatten sich auch Frauen eingefunden, um der Veranstaltung zumindest als Zuschauer beizuwohnen. Octavia war für diesen Abend die Auserwählte. Sie stand an der Bar und betrachtete die Kugel, die scheinbar endlos durch den Roulettekreis rollte. Noch wusste sie nicht genau, was sie erwarten würde. Aus einer Laune heraus hatte sie sich zur Verfügung gestellt, schließlich war sie immer neugierig auf neue sexuelle Erfahrungen, und die Vorstellung, sich einen Abend lang der Macht eines Mann völlig zu unterwerfen, hatte sie sehr erregt. Sie würde das Lustobjekt sein, das der Gesellschaft zur Verfügung stand. Noch genoss sie die letzten Momente ihrer Freiheit. Ihre Kleidung war ihrer Rolle angepasst, unter ihrem dünnen Regenmantel verbarg sich ein Leder-Metall-Geschirr, das ihre Brüste hervordrückte und ihre Körperöffnungen besonders nackt aussehen ließ. Die Kugel fiel auf eine Zahl, es war mucksmäuschenstill. »Rouge« verkündete der Croupier. Sofort wurde es laut im Saal, der Gewinner stand fest. Octavia ging zur Bank, legte ihren Mantel ab und ließ sich Ledermanschetten an Hände, Füße und Hals anlegen. Ein Führstrick wurde an den eisernen Ring ihrer Halsmanschette angelegt. Der Herr im Dreiteiler brachte seine Jetons herbei und betrachtete prüfend seinen Gewinn. Ein anderer Mann meinte: »Du hast einen wahren Glücksgriff getan, schau dir nur diese weiße, unversehrte Haut an, die du zeichnen darfst!« Der glückliche Gewinner ergriff den Strick und führte Octavia in den hinteren Bereich des Casinos, der dem Anlass angemessen hergerichtet worden war. Ein riesiges Andreaskreuz stand hier in der Mitte eines großen

Raumes. Der Spielleiter stand daneben, gratulierte herzlich und erläuterte noch einmal die Regeln. Octavia hörte aufmerksam zu. Der Gewinner war von nun an Herrscher über sie, er konnte bestimmen, was mit ihr geschah, konnte sie schlagen, fesseln, malträtieren und sich an ihr befriedigen. Ebenso hatte er es in der Hand, wer sich noch ihrer bedienen durfte. Die Gemeinschaft der Spieler stellte sich im Kreis um sie auf, ihr Herrscher befahl Octavia, den Blick zu senken und weder ihn noch die anderen anzuschauen. Dann fesselte er ihre Arme an das Kreuz, zog sie etwas zurück, so dass sie vornüber gebeugt dastand, und betrachtete sie von allen Seiten. »Den Kopf schön unten halten!«, sagte er freundlich. Prüfend strich er über Octavias Rücken, kniff ihr in den Hintern und betrachtete die hierdurch hervorgerufene Rötung und deren schnelles Verschwinden. Dann klatschte er in die Hände, um einen Diener herbeizurufen. »Mein Werkzeug, bitte«, bat er. Der Diener überreichte ihm eine Kiste, die mit einer Auswahl exquisiter Accessoires gefüllt war. Mit einem Grinsen von einem Ohr zum anderen wählte der Herr eine Reitgerte aus, die an der Spitze mit einem Lederriemen verstärkt war. Octavia bemerkte dies nicht und konnte nichts sehen, da sie brav den Blick zu Boden gerichtet hielt. Dann spürte sie etwas Kaltes zwischen ihren Schenkeln, das ihr signalisierte, die Beine zu spreizen. Jeder hatte nun freie Sicht auf ihre rasierte Möse und ihr rundes Poloch. Sie spürte die Hände ihres Herrschers ihre Pobacken spreizen, um sie noch besser begutachten zu können, und hörte ihn leise wohlwollende Laute von sich geben. Er trat einen Schritt zurück, strich mit der Gerte über ihren Po und durch ihre Poritze, fuhr mit der kalten Lederspitze über ihr süßes Fötzchen und schlug dann plötzlich mit voller Wucht zu. Sofort bildete sich ein roter Striemen, der diagonal über ihren Po verlief. Octavia schrie kurz auf. Sie fühlte die knisternde Erotik der Situation, ihre Nacktheit inmitten der elegant gekleideten Abendgesellschaft. Ihr Herrscher hatte nichts abgelegt, selbst seine Fliege saß noch perfekt wie zuvor, während er die Reitgerte auf sie niedersausen ließ und mit den Fingern über die Striemen fuhr. Der Anblick der willenlosen Sklavin verfehlte nicht seine Wirkung auf den Kreis, die eine oder andere Ausbeulung in der Smokinghose war jetzt schon gut sichtbar. Der Grauhaarige nahm dies aus den Augenwinkeln zur Kenntnis, als er seine Hand über Octavias Po gleiten ließ und ihre Muschi streichelte. Sie stöhnte leise, als er einen Finger in sie steckte. Wieder ließ er die Reitgerte knallen, dann ging er um sie herum, befühlte ihre Brüste und gab auch ihnen einen kleinen Klaps. Einige der umstehenden Männer hatten ihre Hosen geöffnet, die ihnen langsam zu eng wurden. Während manche Hand an sich selbst anlegten, bedeuteten andere ihren Frauen, sich vor sie zu knien. So konnten sie sich auf den Anblick der gefesselten Frau konzentrieren und bekamen dabei einen geblasen. Octavia vernahm unterdrücktes Stöhnen um sie herum und vereinzelte verräterische Geräusche. Der Meister des Abends ergötzte sich daran, wie sie, den Hintern ausgestreckt, dastand und kniff ihr in die Brustwarzen. Sein Blick fiel auf einen einzeln dastehenden Mann, dessen Schwanz vorwitzig aus seinem eleganten Anzug hervorlugte. Er winkte ihn herbei. Octavia hörte die Schritte, dann spürte sie die Gerte unter ihrem Kinn und hob den Kopf. »Nimm ihn in den Mund«, befahl er und sah vergnügt zu, wie der andere Mann seinen Schwanz darbot. Octavia nahm ihn ganz in sich auf, so dass er nicht mehr zu sehen war, sie stieß mit den Lippen an seinen Reißverschluss und saugte. Dann spürte sie wieder einen heftigen Schlag auf ihren Po, der sie aufstöhnen ließ. Ihr Stöhnen vibrierte in ihrem Mund, und der Schwanz stieß fester in sie hinein. Fragend sah der Meister sich um, mehrere Männer machten einen Schritt vorwärts, um ihm zu signalisieren, dass sie gerne die andere Seite Octavias zur Verfügung gestellt bekämen. Der Herrscher hob die Hand und sah sich die Kandidaten an. Er wählte den mit dem größten Glied aus und nickte ihm zu. Der Glückliche näherte sich Octavias Hintern, vergrub seine Hände fest in ihren mit roten Striemen durchzogenen Pobacken und drang heftig in sie ein. Octavia war auf diese Heftigkeit nicht gefasst und zuckte vor Schreck zusammen. Sie stöhnte lauter auf und konnte den anderen kaum noch in ihrem Mund behalten, da sie so schnell bewegt wurde. Bald aber hatten sich die beiden in einen Rhythmus eingespielt, und auch Octavia genoss es, zwei Schwänze gleichzeitig in sich zu spüren. Ihr Herrscher ging um sie herum, betrachtete das Spielchen mit Genuss und traktierte sie mit vorsichtig platzierten, weiteren Schlägen. Er kniff in ihre Brustwarzen und warf einen Blick in seine Kiste. Brustwarzenklemmen mit kleinen Gewichten waren darin. Er nahm sie heraus und grinste in die Runde. Eine Dame brannte darauf, sie anbringen zu dürfen. Der Meister übergab ihr die Schmuckstücke und ging einen Schritt zur Seite, um ihr Platz zu machen. Sie kniete sich nieder, massierte Octavias Brüste und leckte mit ihrer Zungenspitze über die Nippel, bevor sie die Klemmen anbrachte. Das allgemeine Stöhnen wurde lauter, eine Dame hatte ihre Robe hochgehoben und ließ sich im Stehen von ihrem Begleiter durchvögeln, eine andere hielt ihr Kleid hoch und ließ sich von ihrer Freundin lecken, während der Meister das Geschehen unter seiner Kontrolle hielt und die Lust der Gesellschaft mit festen Schlägen auf Octavia anstachelte. Der Mann, der sie fickte, entlud sich in ihr und trat zurück in den Kreis. Sie spürte kaum die heiße Sahne in sich, als wieder die Gerte auf sie niedersauste. Der Meister betrachtete sie eingehend, dann forderte er den nächsten auf, in die Sklavin einzudringen. Im selben Moment, als Octavia wieder einen Schwanz in ihrer Muschi fühlte, spritzte ihr der andere in den Mund. Sie schluckte. Dann spürte sie weitere Hände an ihren Brüsten, ihrem Po, ihrem ganzen Körper. Der Schwanz in ihr verharrte, und jemand ließ seine

Hand über ihren Rücken gleiten, durch ihre Ritze, bis sie den Finger in ihrem Anus spürte. Eine Frau kniete sich vor sie und küsste sie auf den Mund. Octavia wusste nicht recht, wie ihr geschah. Jeder Zentimeter ihres Körpers wurde berührt, sie war ein Stück Allgemeingut. Jeder befriedigte sich an ihr. Der Meister dagegen war immer noch vollständig angekleidet, er selbst schaute dem bunten Treiben zu, kontrollierte es. Sein Grinsen wurde immer breiter, als Octavia schließlich besudelt von oben bis unten dastand. Sperma tropfte von ihren Brüsten, aus ihrer Möse, von ihrem Gesicht. Er kniff ihr in die Wange und blickte sie zum Abschied freundlich an. »Vielen Dank, Herr«, brachte sie hervor. Und sie meinte es ernst. Nie zuvor hatte sie eine solche Lust erlebt.

Spielgefährtinnen

Hannah und ich räumten seit einer Stunde die Küche auf und alberten und trödelten so sehr herum, dass wir sicher niemals fertig würden. Mia, unsere Mitbewohnerin, war noch in der Uni und würde sicher erst gegen Abend zurück sein.

Wir hatten ihr vor zwei Monaten das dritte Zimmer unserer Altbauwohnung überlassen, weil die Mieten in Bonn leider immer unerschwinglicher wurden und jede finanzielle Erleichterung gerade recht kam.

Jedenfalls war dann doch irgendwann der letzte Teller abgewaschen und Hannah schwang sich mit einem Hopp auf die Arbeitsplatte. Zufrieden ließ sie die Beine baumeln und zog mich zu sich. Sie umklammerte mich mit ihren Schenkeln, schlang ihre Arme um meinen Hals und küsste mich.

Ich hielt sie fest und küsste zärtlich ihre weichen Lippen. Sie duftete so gut. Lange konnten wir unsere Finger nicht bei uns halten, und binnen kürzester Zeit saß sie oben ohne da.

Ihr unglaublich schöner Busen war genau vor meinem Gesicht, und ich konnte nicht anders, als ihn zu liebkosen. Zärtlich und sanft ließ ich meinen Mund und meine Hände über die weiche Haut wandern. Die Wölbung am unteren Rand streichelte ich sehr ausgiebig, denn ich wusste, dass sie das ganz besonders genoss. Hannah schloss die Augen und ließ ihren Kopf nach hinten sinken. Genüsslich seufzte sie, und ich begann, an ihren Nippeln zu knabbern. Ich spürte den Schauer, der ihr über die Haut lief und saugte etwas fester. Ihre Brustwarzen waren steif und ragten weit hervor, und ich genoss es unendlich, sie so zu verwöhnen.

Nach einer Weile wollten wir mehr, und so rutschte sie vom Schrank in meine Arme. Sofort begannen wir wild zu knutschen, und sie fingerte hektisch an den Knöpfen meiner Bluse. Als sie es endlich geschafft hatte, alle Knöpfe zu öffnen, ließ ich den dünnen Stoff über meine Schultern rutschen und streckte ihr meinen entblößten Oberkörper entgegen. Einen BH trug ich nicht, dafür war es viel zu heiß, und so hatte sie gleich vollen Zugriff auf meine üppigen Brüste.

Wir küssten, streichelten und verwöhnten uns, und die Leidenschaft ließ unseren Atem schneller gehen.

Ich zog sie ins Wohnzimmer, und wir ließen uns auf dem weichen Teppich nieder. Endlich konnten wir uns überall berühren. Fest ineinander verschlungen knutschten wir. Es wurde immer leidenschaftlicher, und schließlich öffnete ich Hannahs Jeans und zerrte sie ihr vom Leib. Anschließend streifte ich auch meine Hose ab und kuschelte mich nackt an sie. Ganz nah und intensiv konnte ich sie jetzt spüren. Ihre zarte Haut erregte mich immer stärker, und ihr immer schneller werdender Herzschlag tat sein Übriges.

Wie gut sie roch. Ich küsste mich an ihrem wunderschönen Körper entlang. Über den Hals und das Schlüsselbein bis zu ihren unglaublichen Brüsten, wo sich ihre Nippel schon sehnsüchtig nach mir reckten. Ich saugte an ihnen und umkreiste sie mit meiner Zunge, bis Hannah leise aufstöhnte. Sie bog mir ihren Oberkörper entgegen, und an den leicht rhythmischen Bewegungen ihres Beckens konnte ich erkennen, wie geil sie in diesem Moment war.

Ich ließ meine Zunge weiter hinabwandern, über ihren leicht gewölbten Bauch, hielt einen Moment inne bei dem kleinen Muttermal neben ihrem Nabel und glitt dann weiter bis zu ihren Oberschenkeln. Nachdem ich ihre glattrasierten Beine ausgiebig geküsst, gestreichelt und verwöhnt hatte, drehte ich sie auf den Bauch, und sofort hob sie ihren Arsch und kniete sich mit weit nach unten gebeugtem Oberkörper vor mich, so dass sie mir ihre unglaublich ästhetische Rückansicht darbot. Der Anblick ihrer Pobacken machte mich vollkommen wahnsinnig.

Ihr Po war rund und fest, und sie reckte ihn mir weit entgegen, wohl wissend, was sie bei mir damit anrichtete. Ich ließ meine Finger sanft über ihren Rücken gleiten. Von oben nach unten und dann über die Arschbacken, denen ich nie widerstehen konnte. Sie hatte zwei Grübchen, gleich da, wo die Wirbelsäule in den Po übergeht. Ich liebte diese beiden Punkte und küsste diese Stellen besonders liebevoll.

Kräftig packten meine Hände dann in ihr Fleisch und zogen ihre Backen auseinander. Meine Zunge fand ihren Weg fast von allein zu der verführerischen Ritze. Ich ließ sie langsam von oben durch den Spalt gleiten, bis sie an jener feuchten Stelle angekommen war, die den betörendsten Duft verströmte, den ich kannte. Sie stöhnte auf, und ich ließ meine Zunge ganz unvermittelt eintauchen.

Sie schmeckte so geil, dass auch mir ein tiefer Seufzer entwich, und ich leckte ihre süße Fotze mit absoluter Hingabe. Immer wenn meine Zunge über ihren geschwollenen Kitzler strich, fingen Hannahs Beine leicht an zu zittern, und sie reckte sich noch ein bisschen mehr mit ihrem Arsch in meine Richtung. Ihr Stöhnen war bereits lauter geworden, und mich machte es so geil, sie zu schmecken, dass meine Möse mindestens so feucht war wie die meiner Geliebten.

Ich nahm jetzt drei Finger zur Hilfe und stieß damit tief in ihre nasse Fotze. Sie schrie auf und bewegte sich rhythmisch vor und zurück. Immer fester und tiefer fickte ich sie, und immer mehr wollte sie. Vollkommen weggetreten und in Ekstase keuchte sie ihre Lust heraus, stöhnte und ächzte vor Geilheit. Ich nahm noch den vierten Finger dazu und fickte immer heftiger. Ich spürte bereits die ersten Kontraktionen in ihrer Muschi, und je schneller ich fickte, desto lauter wurden die schmatzenden Geräusche, die ihre vor Explosionswillen auslaufende Möse machte.

Während Hannah endgültig laut schreiend in einem intensiven Orgasmus versank, sah ich aus dem Augenwinkel, dass wir nicht mehr allein waren.

Mia stand im Türrahmen und sah uns zu. Eine Hand in ihrer Bluse und eine zwischen ihren Beinen, schien sie unser Liebesspiel schon etwas länger zu genießen.

Als sie meinen Blick bemerkte, erschrak sie zuerst, aber mein lüsternes Lächeln vertrieb den Schreck, und sie gab sich wieder unserem Anblick hin.

Lasziv leckte sie sich ihre vollen Lippen und knöpfte ihre Bluse ganz auf. Hannah lag jetzt erschöpft und nach Luft schnappend auf dem Teppich, und ich streichelte sie zärtlich, während ich Mia bei ihrer kleinen Stripeinlage zusah. Dann drehte sich Hannah auf den Rücken und sah mich glücklich an. Irritiert folgte sie meinem Blick zur Wohnzimmertür. Als sie die jetzt ganz nackte Mia sah, grinste sie, sah mich an und zwinkerte mir zu.

Ich stand auf und ging zu Mia, um sie an der Hand zu uns zu ziehen. Sie kam meiner Aufforderung gerne nach, und ich setzte mich mit ihr aufs Sofa. Hannah lag uns zu Füßen und schaute zu, wie ich Mia zu streicheln und zu küssen begann. Ich war sehr zurückhaltend und zärtlich, aber ich bemerkte schnell, dass das bei Mia nicht nötig war. Vermutlich war es nicht ihr erstes Erlebnis mit einer Frau, und ich konnte direkt ein wenig forscher rangehen.

Ihre kleinen, spitzen Brüste gefielen mir, schnell waren wir in einer leidenschaftlichen Knutscherei, und unsere Hände erforschten gegenseitig jeden Winkel des anderen Körpers.

Mia entpuppte sich als eine richtige Wildkatze, und schneller als ich dachte, saß ich mit weit gespreizten Beinen auf der Couch, während Mia zu meinen Füßen kniete. Ihre Hände lagen auf meinen Oberschenkeln, und ihr Mund küsste sich hinunter bis zu meiner Muschi.

Hannah war mittlerweile auch wieder zu neuem Leben erwacht und streichelte Mias Po. Als diese begann, meine nasse und bereits pochende Fotze zu lecken, schob sich Hannahs Finger auch in ihre Lustgrube. Während Mia mich leckte und ich bereits so geil war, dass ich sicher bald kommen würde, fickte Hannah sie von hinten. Mia stöhnte immer lauter, und ich konnte die Vibration ihrer Stimme so intensiv an meinem Kitzler spüren, dass ich schreiend und zitternd einen wahnsinnigen Orgasmus erlebte.

Ich keuchte und mein Herz schlug wie verrückt, als ich mich Mia entzog. Das Pochen in meiner Lustperle war so intensiv, dass ich die Berührung ihrer Zunge kaum mehr ertrug.

Ich zog die Beine hoch und legte mich seitlich aufs Sofa, um meiner Freundin und unserer unerwarteten Spielgefährtin zuzusehen.

Es machte mir Spaß zu sehen, wie Hannah und Mia sich nun gegenseitig mit dem Mund verwöhnten. Mia kniete über Hannah und drückte ihr ihre

Fotze ins Gesicht, während sie gleichzeitig Hannahs Möse hingebungsvoll leckte. Ich konnte meine Finger nicht lange still halten, verwöhnte meine Fotze noch ein bisschen mit den Fingern, und als die beiden fast gleichzeitig kamen, kam es auch mir noch mal. Es war ein unglaublicher Moment, als wir drei Frauen gemeinsam unseren Höhepunkt durch die Wohnung schrien. Etwas Intensiveres hatte ich bisher noch nie erlebt.

Erschöpft kuschelten wir uns dann alle auf dem Teppich aneinander, und als wir uns ein wenig erholt hatten, beschlossen wir, dass das sicher nicht der letzte Dreier gewesen war, den wir zusammen erleben wollten.

Ein mysteriöser Ort

Letztes Jahr in einer Sommernacht, da hatte ich mein ungewöhnlichstes und aufregendstes Sexerlebnis.

Es war Samstagabend, ich war schon fast vorm Fernseher eingeschlafen, da klingelte es auf einmal an der Tür. Ich dachte direkt an die alte Dame von nebenan, die sich manchmal beschwert, wenn zu später Stunde mein Fernseher auf voller Lautstärke ist, aber nein! Vor mir stand der gutaussehende Nachbar aus dem ersten Stock, mit dem ich noch nie zuvor ein Wort gewechselt hatte. Wir trafen uns manchmal im Hausflur, aber mehr als ein tiefer Blick in die Augen war da nie. Er wirkte immer sehr in sich gekehrt, irgendwie schüchtern, aber gerade das reizte mich ja so. Ihn anzusprechen wagte ich mich trotzdem nie.

Jetzt stand er da, mit seinen dunklen, geheimnisvollen Augen und starrte mich an.

Etwas übermütig und überdreht wegen der Überraschung begrüßte ich ihn mit einem »Hi« und hätte die Szene am liebsten noch mal zurückgespult, doch ihm schien nichts aufgefallen zu sein, denn er antwortete mit: »Hast du heute Nacht schon was vor? Sag ja oder nein!«

Ich war baff und brachte erst ein »ähm«, dann ein »nein« heraus.

»Ich würde dich gerne kennenlernen, aber nicht hier!«

»Wo denn? Und jetzt sofort? Ich kann doch so nicht rausgehen.«

»Wir treffen uns in 20 Minuten im Stadtgarten und gehen dann an einen besonderen Ort, okay?«

»Klingt aufregend ... ich werde da sein, aber wie heißt du überhaupt?«

Ich bekam keine Antwort, nur ein seichtes Lächeln, und schon war er wieder verschwunden.

Ich konnte es nicht fassen, was da gerade passiert war. Noch nie hatte ich einen Mann auf so direkte und gleichzeitig diskrete Art und Weise kennengelernt, aber es reizte mich, und in kürzester Zeit hatte ich geduscht und mich angezogen.

Ein bisschen komisch war mir zwar schon bei dem Gedanken, mit einem mir eigentlich fremden Mann an irgendeinen Ort zu gehen, aber ich war einfach zu neugierig, und seine Augen waren zu vertrauenswürdig, als dass ich hätte nicht hingehen können.

Ich ging dann also in den Stadtgarten und spazierte eine Runde, bis plötzlich jemand nach meiner Hand griff und mich durch ein Gebüsch einen kleinen Weg entlang führte, den ich noch nie zuvor entdeckt hatte, obwohl ich schon oft hier gewesen war. Ich ließ mich einfach hinter ihm herziehen und hoffte darauf, dass ich irgendwann verstehen würde, was hier passierte. Nach ein paar Minuten blieben wir stehen, und er bat mich die Augen zu schließen.

Als ich sie wieder öffnen durfte, war ich überwältigt, denn überall standen Kerzen auf unterschiedlich großen Steinen, und eigentlich erkannte ich erst jetzt, dass es tatsächlich der geheimnisvolle Mann aus dem ersten Stock war, dem ich hierhin gefolgt war.

Wir schauten uns in die Augen, und ehe ich mich sammeln und irgendetwas sagen konnte, küsste und streichelte er mich. Ich bekam eine Gänsehaut und ließ meinen Kopf in den Nacken sinken.

Er knöpfte meine Bluse auf, strich sie mir sanft von den Schultern und begann meinen ganzen Oberkörper zu küssen. Er küsste meinen Hals, meinen Nacken, meinen Bauch und meinen Rücken, schob meinen BH zur Seite und sog an meinen Brustwarzen. Mein Puls raste, und mir war schwindelig. Ich war ihm erlegen.

Ich kann nicht sagen, ob es Minuten oder Stunden waren, die ich einfach nur dastand und genoss, was da mit mir geschah. Ich weiß nur noch, dass wir uns irgendwann auf den nächstbesten Stein legten, uns bis auf die Unterwäsche auszogen und uns sehr lange sehr heftig verwöhnten.

Nachdem er mir ins Ohr geflüstert hatte, wie lange er mich schon an diesen Ort hatte führen wollen, wurde mir für einen kurzen Moment ganz anders, denn ich verstand erst jetzt, dass wir uns auf einem verwucherten, scheinbar vergessenen Friedhof befanden.

Er nahm meine Hand und sagte: »Hab keine Angst. Dieser Ort ist heilig, und wir sind es auch.«

Mir gefiel dieser Gedanke, ich musste grinsen, und mir war jetzt danach, den Spieß mal umzudrehen, und diesen Mann, dessen Namen ich immer noch nicht wusste, zu verführen.

Ich griff nach einer Kerze, drückte ihn auf den Rücken und setzte mich auf ihn.

Er schaute mich gespannt an, und ich sagte mit einem leichten Schmunzeln: »Hab keine Angst.«

Ganz langsam senkte ich die Kerze und ließ das heiße Wachs behutsam auf seinen Bauch tropfen. Er zuckte kurz zusammen, stöhnte dann aber erleichtert und erregt auf, je mehr ich ihn beträufelte. Sein Blick war fordernd, und ich fühlte seine Lust zwischen meinen Beinen.

Sie wurde von Tropfen zu Tropfen stärker, und ich konnte nicht mehr lange warten, bis ich uns beiden noch die letzten Fetzen vom Körper riss und mich diesmal »richtig« auf ihn setzte.

Wir waren beide so erregt, dass jede Bewegung wie von selbst ging. Ich war völlig hemmungslos und weggetreten und ließ meinen Körper von einer Seite zur anderen fallen, ging in die Hocke und machte ihn damit verrückt. Ich wusste nicht mehr, was mit mir geschah, als ich mich andersherum auf ihn setzte und er mein Becken mit seinen warmen Händen umfasste. Ich ließ mich von ihm steuern und musste einfach laut aufstöhnen, als er mich fester packte und seinen ganzen Körper anspannte.

Ich verlangsamte nach einiger Zeit das Tempo, um mich mehr auf mich zu konzentrieren, und stützte mich auf meine Hände. Er ging direkt darauf ein und bewegte sich sanft in mir.

Er strich mir über den Rücken und massierte mich. Ich befand mich schon lange irgendwo über den Wolken, und bald erreichte ich den Gipfel, spürte die Hitze unserer Lust und sah im Mondschein den Schatten unserer zuckenden Körper, sie waren schweißgebadet, und mein Puls raste.

Das heiße Wachs lief meine Taille entlang, und auch ich fühlte die befreiende Erleichterung.

Der vergessene Friedhof, die klare Nacht und der romantische Kerzenschein verstärkten diesen Moment der vollkommenen Befriedigung, aber vor allem faszinierte mich dieser Mann.

Es war schon hell und die Grabkerzen waren alle runtergebrannt, als wir unsere Kleider zusammensuchten. Wir verließen den Friedhof genauso schweigsam Hand in Hand, wie wir ihn Stunden zuvor erreicht hatten. Wir spazierten nach Hause und schauten uns ab und zu an, ohne ein Wort zu sagen, sprachlos, in Gedanken noch ganz woanders.

Wir küssten uns noch mal intensiv, bevor wir in die getrennten Wohnungen gingen.

Ich lag noch lange wach im Bett, die Bilder und Gefühle, eins nach dem anderen, gingen mit durch den Kopf, und irgendwann mittags schlief ich ein.

Als ich am nächsten Tag an seiner Tür klingelte, machte mir niemand auf, und ich erfuhr noch am selben Abend, dass diese Wohnung schon seit einem Monat leerstand. Den mysteriösen Unbekannten habe ich nie wieder gesehen …

Sommernachtsträume

Die Nacht war unglaublich schwül. Ich lag nackt auf dem Bett, schwitzte und bekam kein Auge zu. Das Fenster war weit geöffnet, aber draußen war es genau so heiß wie in meiner Altbauwohnung. Alles war still. Nur ein paar Grillen zirpten, so als machte ihnen die Hitze gar nichts aus.

Unruhig wälzte ich mich hin und her. An Schlaf war nicht zu denken. Stöhnend presste ich meine Stirn an das kühle Metall des Bettrahmens. Irgendwann beschloss ich, mich unter die kalte Dusche zu stellen, um wenigstens kurzzeitig ein bisschen Abkühlung und Erfrischung zu finden.

Das kalte Wasser prickelte auf meiner erhitzten, sonnengebräunten Haut. Wohlwollend betrachtete ich meinen schlanken Körper. Die straffe Haut kam durch die nahtlose Bräune noch besser zur Geltung, und meine vollen Brüste glänzten wie der polierte Marmor einer Statue.

Ich stieg aus der Dusche, trocknete mich aber nicht ab, sondern blieb nass, wie ich war. Ich schenkte mir in der Küche noch ein Glas Wasser ein und ging wieder zurück ins Schlafzimmer.

In dem hohen Spiegel, der gegenüber der Tür stand, sah ich, wie kleine Perlen glitzernd an mir hinabrannen. Meine Wangen glühten noch immer, und ich schmunzelte, als ich meine steif hervorstehenden Nippel sah.

Zu schade, dass niemand da war, der sich die schlaflose Sommernacht mit mir um die Ohren schlug.

Im Schlafzimmer brannte nur die Stehlampe, und das indirekte Licht warf lange Schatten an die hohe Stuckdecke. Ich stellte mich ans offene Fenster, löschte meinen Durst und hoffte auf ein laues Lüftchen, aber ich wurde enttäuscht. Immer noch windstill und schwül starrte mir die Nacht entgegen.

Im Haus gegenüber war alles dunkel. Nein, halt … in der Wohnung, die meiner genau gegenüberlag, ging plötzlich eine kleine Lampe an. Neugierig versuchte ich, etwas in dem leicht beleuchteten Zimmer zu erkennen. Die Häuser standen keine zehn Meter auseinander, und bei Tag konnte man den Nachbarn schon mal auf den Frühstückstisch gucken. Neulich noch hatte die Wohnung leergestanden, und ich hatte keine Ahnung, wer jetzt dort wohnte.

Jemand lief herum. Es schien ein Mann zu sein. Erst als er sich wie ich ans Fenster stellte, sah ich es genauer. Ja, es war ein junger, gutaussehender Mann, er stand nackt da und schaute zum sternenklaren Himmel hinauf.

Schnell huschte ich hinter die Gardine. Dabei schwappte das Glas über, und ich quietschte erschrocken auf. Mein Herz klopfte wild, als ich vorsichtig am Vorhang vorbei zu ihm rüberlinste. Hatte er mich gehört? Hatte er gesehen, dass ich mich wie ein albernes Schulmädchen versteckte?

Aber dann konnte ich nicht glauben, was ich sah. Noch einmal schaute ich hin, und er tat tatsächlich das, wofür ich es gehalten hatte. Er stand an den Fensterrahmen gelehnt, so dass die Brüstung ihm kaum bis zur Hüfte reichte. In diesen Wohnungen reichten die Fenster weit herunter, und im Profil konnte ich genau sehen, wie er seine mächtige Latte wichste. Langsam und gleichmäßig vor und zurück. Ich brauchte einen Moment, um mich zu entscheiden, ob ich es komisch oder eher erregend fand.

Das Prickeln zwischen meinen Beinen gab mir eine eindeutige Antwort.

Da er ganz in sich und sein Vergnügen versunken war, traute ich mich aus meinem Versteck heraus und stellte mich wieder ans Fenster. Ich hoffte, dass ihn meine Anwesenheit, falls er sie überhaupt bemerkte, nicht vertrieb, denn ich wollte seinem Spiel zu gerne weiter zuschauen.

Sehr zärtlich streichelte er seine Eier mit der einen Hand und seinen harten Schwanz mit der anderen. Durch das sanfte Licht im Hintergrund wirkte die Szenerie außergewöhnlich erotisch, und die Stimmung war so elektrisierend wie unwirklich.

Selbstvergessen glitt meine Hand über meinen feuchten Körper, und erst als meine Finger über die steifen Nippel streiften, wurde mir bewusst, was ich tat.

Meine Erregung war mittlerweile unendlich groß, und ich streichelte mich weiter, den Blick fest auf meinen attraktiven Mitspieler gerichtet. In meiner Phantasie waren es *seine* Hände, die meine erhitzte Haut erkundeten, und ich stellte mir vor, wie sein Körper sich an meinen drückte … Haut an Haut … und ich bildete mir ein, seinen Atem im Nacken zu fühlen.

Ich stöhnte leise auf und legte meinen Kopf zurück. Mein langes rotes Haar fiel mir bis zur Hüfte, und ich spürte die kleinen Tropfen, die aus meiner nassen Mähne über meine fest angespannten Pobacken liefen.

Meine Hände rutschten tiefer und streichelten jetzt meinen Venushügel. Er fühlte sich zart und glatt an, und der Mittelfinger rutschte zwischen die vollen Schamlippen. Heiß und feucht war es dort, und meine kleine Perle reckte sich erwartungsvoll meinem Finger entgegen.

Ich lehnte mich an den Fensterrahmen und legte mein rechtes Knie auf der Fensterbank ab, so dass ich durch die jetzt gespreizten Beine besseren Zugriff auf mein klatschnasses Lustparadies hatte. Wieder sah ich zu ihm hinüber und rieb dabei schwer atmend meinen Kitzler.

Für einen Moment erschrak ich, denn er hatte sich in meine Richtung gedreht und sah mich an. Offensichtlich gefiel ihm aber, was er sah, denn er schaute mir zu und wichste seinen Schwanz nun härter. Es machte mich wahnsinnig geil zu wissen, dass er mir zusah, und auch ich konnte meinen Blick nicht mehr von ihm lassen. Die Entfernung schien sich aufzulösen, und es entstand für den Augenblick eine ungeahnte Nähe zwischen uns … eine Nähe zwischen zwei Fremden.

Mein ganzer Körper zitterte vor Erregung, und meine Finger, die sich bereits tief in meine Fotze geschlichen hatten, fickten immer härter. Ich spürte, wie mir der Saft über die Hand rann und stöhnte vor Geilheit auf.

Ich stellte mir vor, *er* wäre es, der mich fickte, und keuchte immer heftiger, während mein Gegenüber sein Schwert so heftig wichste, dass er sicher bald abspritzen würde. Lange würde auch ich das nicht mehr aushalten können. Meine Nippel waren so hart, dass sie fast schon schmerzten, und ich wünschte, er würde daran saugen, mit der Zunge an den Knospen spielen, daran knabbern.

Ich fickte immer schneller, und meine Handfläche, die dabei immer wieder über meinen geschwollenen Kitzler rieb, geilte mich noch schneller auf.

Ich spürte, wie sich alle Muskeln in meinem Körper anspannten und sich die Poren öffneten, fühlte die unglaubliche Hitze, den herabrinnenden Schweiß und hatte doch gleichzeitig das Gefühl, gar nicht mehr in meinem Körper zu sein.

Ich war ganz bei mir und gleichzeitig unendlich weit weg. Ich schloss die Augen, fühlte, wie es mich übermannte, rieb immer schneller … ja … jaaa … Laut und ohne Rücksicht auf die Nachbarn und die

Situation keuchte ich meinen Orgasmus in die Nacht. Ich kam so heftig, dass ich Angst hatte, aus dem Fenster zu stürzen. Viele unendliche Momente lang zuckte der Höhepunkt durch meinen Körper, und mein ganzer Leib stand in Flammen.

Als ich mich langsam wieder fing, sah ich auf und erhaschte noch einen Blick auf meinen Gefährten, der in diesem Moment so laut aufstöhnte, dass ich hören und sehen konnte, wie er abspritzte. Weit schob er sein Becken vor, und ich sah, wie der Saft aus ihm herausschoss. Ich klammerte mich am Fensterrahmen fest und genoss den Anblick in vollen Zügen.

Immer noch nach Luft schnappend stand ich dann da, fassungslos über das soeben Geschehene. Der Fremde, der mir gar nicht mehr so fremd erschien, lehnte sich noch einen Moment lang an die Brüstung, sah mich an, strich sich dann durch die Haare und verschwand im Zimmer. Kurz darauf wurde das Licht gelöscht, und auch ich zog mich schmunzelnd zurück.

Nach diesem Erlebnis und einer weiteren kalten Dusche konnte ich endlich einschlafen, und ich hatte in dieser Nacht wundervolle Sommernachtsträume. Am nächsten Morgen fand ich einen Zettel in meinem Briefkasten: »Fortsetzung folgt« stand darauf. Und mit einem Mal freute ich mich auf die schwülen Sommernächte …

Exkursion durch das El Dorado

Anita studierte im vierten Jahr Medizin und hatte aufgrund ihres nicht sehr betuchten Elternhauses nebenbei immer arbeiten müssen, um sich ihren Lebensunterhalt zu verdienen. Sie jobbte als Aushilfe in diversen Kneipen und zuletzt als Kassiererin in einem Kaufhaus. Leider war der Stundenlohn nie besonders prickelnd. Auch wenn ihr Lebensstil nicht sonderlich aufwendig und teuer war, wollte sie doch auf diverse Dinge nicht verzichten. Schöne und exklusive Klamotten und gutes Essen mit Freunden waren zwei ihrer großen Laster, die finanziell dringend unterhalten werden mussten.

Sie hatte die Nase voll von dem Job an der Schnellkasse, und es war dringend Zeit zu wechseln.

Beim eingängigen Studieren der Jobanzeigen fand Anita ihren Traumjob. Naja, der Job war nicht ihr Ding, aber die Bezahlung war super: Das *El Dorado* um die Ecke vom Studentenwohnheim suchte eine sogenannte Hausdame. Mit 18 Euro die Stunde war der Job dotiert, und nachdem sie mit dem Besitzer gesprochen hatte, war alles klar: Es handelte sich um eine ganz einfache Putzstelle in einem Puff. Betten neu beziehen, Handtücher wechseln, Seifenspender auffüllen, und wenn alle Gäste weg waren: saugen. Allerdings nur die Teppiche. Wahnsinn, sie konnte in einem Puff arbeiten, ohne mit irgendwelchen ekligen Kerlen ins Bett steigen zu müssen, und bekam trotzdem eine Menge Geld. Mike, ein schwuler Student im zwölften Semester, arbeitete ebenfalls als Putzhilfe im *El Dorado*. Er arbeitete sie eine Woche lang ein, zeigte ihr genau, was wann gesäubert werden musste und wie man mit den Gästen umging, die die Hausdame mit einer der Huren verwechselten.

Der Job war hart, aber nicht minder spaßig, mit Mike hatte sie einen wirklich netten und lustigen Kollegen, der es noch dazu nicht auf sie abgesehen hatte. Und die Huren waren auch wirklich nett zu ihr. An einem Donnerstagabend war nicht wirklich viel los im *El Dorado,* und Anita durchstöberte jedes einzelne Zimmer, in dem gerade nichts los war, um sich in Sachen Sexualtheorie ein wenig fortzubilden. Mike folgte ihr auf dem Fuße und erklärte Anita alles, was sie nicht wusste, und das war nicht wenig. Ihr kam es so vor, als wüsste sie nichts über das Metier, in dem sie arbeitete. Es war so unendlich spannend. Irgendwann, nachdem sie alle Räume ausspioniert hatten und nachdem sie durch die Türspione dem ein oder anderen Freier bei seinem Vergnügen zugesehen hatten, zog Mike Anita kichernd in den Keller. »Komm«, sagte er, »jetzt zeig ich dir was, was du bestimmt auch noch nicht gesehen hast!« Anita schaute ihn verwundert an, folgte ihm aber ohne Widerworte, denn sie war fürchterlich neugierig, was der Keller so zu bieten hatte außer dem Raum für die Waschmaschinen, den sie ja schon kannte.

Sie folgte Mike in einen Raum, in dem alle Wände dunkelrot gestrichen waren, blutrot. Kaum Licht, außer ein paar großen Kerzen, die brannten. Und eine Menge Werkzeuge, Holz, und Seile hingen da an der Wand. Gott, sie hatte wirklich keine Ahnung. Mike zog plötzlich und ohne Kommentar Hemd und Hose aus, legte sich auf die Holzbank und wies sie sehr bestimmt an: »Los, fessel mich!« Anita zögerte nicht lang und machte den Spaß mit. Sie nahm sich zwei der Seile von der Wand und fesselte Mike an die Bank. »Fester«, sagte er plötzlich sehr viel kleinlauter, »viel fester!« Anita schmunzelte, aber sie tat, um was er sie förmlich anbettelte. Irgendwie hatte er sich plötzlich verändert. Sie beschloss, sich nicht zu wundern, sondern einfach mitzumachen. Instinktiv schnürte sie Mikes Fesseln strammer, jedoch nicht zu fest, und nahm sich eine der Lederpeitschen von der Wand. Sie stellte sich in aufrechter Positur vor dem liegenden Mike auf, hob mahnend den Zeigefinger der einen Hand und die Peitsche mit der anderen und sagte streng: »Mal sehen, was wir zwei beide jetzt noch so anstellen.« Ohne ein weiteres Wort, aber mit strenger und tiefer Stimme holte sie mit der Peitsche ein wenig aus und begann, Mike zart damit zu streicheln. Dann erhöhte sie den Druck, holte weiter aus und peitschte Mikes Bauch und Brust so lange, bis seine Nippel hart und sein Oberkörper rot wurden. Anita peitschte ihn weiter aus, und manches Mal streifte die Peitsche auch seinen schon längst steif gewordenen Schwanz. Was tat Anita hier, Mike war schwul, und sie war gerade dabei, es ihm ordentlich zu besorgen?! Egal, sie hatte Spaß und Mike offensichtlich auch. Sie legte die Peitsche zur Seite und zog sich zwei der Lackhandschuhe an, die auf einem Brett lagen. Dann nahm sie sich eine der Kerzen und tröpfelte das heiße flüssige Wachs ganz langsam von Mikes Hals in Richtung seines Lustbalkens und genoss es, wie er stöhnte und schrie, sie solle das lassen, es sei so fürchterlich heiß. »Still!«, raunte sie ihn an. »Du wirst wohl diesen kleinen Schmerz aushalten können!« Er verstummte, aber obwohl er gefesselt war, war seine Hüfte noch sehr beweglich; lüstern bewegte er sie mit dem Steifen Stück als Fahnenmast auf und ab und stöhnte leise vor sich hin. Anita hatte mittlerweile seine Brust, den Bauch und seine Arme mit Wachs beträufelt, nur die Brustwarzen hatte sie ausgelassen, die brauchte sie noch für die Peitsche. Sie setzte sich auf ihn, mit ihrem Arsch ganz in die Nähe seines Gesichts, er stöhnte unter ihrem Gewicht, aber sein Schwengel stand nach wie vor steif wie der Eiffelturm. Ihre in Lackhandschuhe gefassten Hände umfassten seinen Lustpfosten; langsam, aber fest bewegte sie ihre Hände auf und ab und drückte immer fester zu. Mike versuchte sein Stöhnen zu unterdrücken, aber es war dennoch zu hören. Also bestrafte sie ihn von Zeit zu Zeit mit kleinen Schlägen auf seine Eichel, die ihn zwar laut aufschreien ließen, aber trotzdem hielt er sich zurück und wurde wieder stiller. Doch innerlich platzte er fast vor Erregung. Eigentlich sollte es ein Spaß werden, dass er Anita den SM-Raum zeigte, immerhin war er so was von stockschwul und hatte wahrlich keine Absichten bei Frauen. Aber dass Anita ihn jetzt so richtig heiß machte, das hätte er nicht gedacht. Er ließ sich einfach fallen und ergab sich weiter ihrer Dominanz. Anita rückte mit ihrem sportlichen Arsch weiter in Richtung von Mikes Gesicht, so dass er irgendwann kaum noch Luft bekam, während sie jedoch weiter an seinem besten Stück herumrieb. Obwohl Mike sie nicht stimulierte, hatte sie ein kribbelndes, aufregendes Gefühl in ihrer Lusthöhle, und um das zu erhalten, ließ sie sich mit Mike viel Zeit. Er japste unter ihrem Arsch, der ihm nach wie vor teilweise die Luft abschnitt. Aber er wollte nicht, dass sie aufhörte. Sein Ständer wurde immer steifer, und er merkte, dass es von innen wie wahnsinnig zu brodeln begann. Doch er riss sich zusammen, zwang sich, nicht zu kommen, bis er es nicht mehr aushielt und es aus ihm raussprudelte. »Ich komme gleich, ich komme gleich, oh, ich komme gleich«, stöhnte er. Anita sprang auf, griff wieder nach der Peitsche und schrie ihn streng an: »Du kommst erst dann, wenn ich es dir erlaube!« »Bitte, Herrin, erlaube mir zu kommen, ich werde sonst in tausend Teile explodieren, ich bin einfach so weit.« »Nein!«, befahl Anita und gab ihm noch ein paar Peitschenhiebe auf die Brustnippel. Mike biss ganz kräftig seine Zähne zusammen und staute somit noch mehr Sprengstoff an. Er wusste, er konnte es nicht mehr lange aushalten, bis Anita endlich sagte: »Los, komm jetzt, komm endlich, spritz mich voll!« Endlich konnte Mike seinen ganzen Liebessaft rauslassen, endlich konnte er sich von dem Druck erlösen. Er spritzte seine Lust hinaus und stöhnte vor lauter Befreiung und Erregung. Anita schaute ihn an und fühlte sich auch ohne Orgasmus wahnsinnig beflügelt; sie hatte selten so viel Spaß gehabt. Sie löste Mikes Fesseln, doch er blieb trotzdem liegen und schaute sie an. Beide begannen zu lachen, weil sie beide nicht gedacht hätten, dass eine Exkursion durch das *El Dorado* so enden könnte. Und natürlich putzten beide danach noch die gemeinschaftlich verursachte Sauerei auf; echte Kollegen eben.

Sex Toy in a bottle

Es ist Donnerstag, und ich bin gestern Mittag hier auf Palma de Mallorca gelandet. Ich habe mich nun doch entschlossen, das Tagebuch mitzunehmen, irgendeine innere Stimme sagte mir: »Nimm es mit – wer weiß, was du dort unter der heißen Sonne Spaniens alles erlebst und fühlst.« Nach dem Auspacken habe ich es gleich in der Schublade versteckt – ich wollte mich nicht selbst ans Schreiben erinnern, zu viele Erinnerungen an Tom standen darin – und mit Tom ist es nun mal aus. Aus und vorbei. Deswegen bin ich nun auch hier. Alle Freunde haben mir zu dieser Reise geraten. »Es wird dir guttun – die Sonne stößt Vitamin D aus –, was glaubst du, was für Glücksgefühle du erleben wirst.« … und so weiter … und so fort …

Das Einzige, was ich im Moment empfinde, ist, dass ich mich einsam fühle und dass er mir fehlt. Dieses Miststück! Musste er mich ausgerechnet mit dieser Schlampe betrügen? Sie hat keine Figur, keinen Busen, gar nichts, vielleicht ist sie gut im Bett? Aber das war ich doch auch immer – oh Gott, ich darf gar nicht an die vielen Stunden heißen Sex mit

Tom denken … da wird mir gleich ganz anders. Mist aber auch. Das Tagebuch habe ich eingepackt. Aber ich habe mich nicht getraut, meinen »Willi« einzupacken. Willi, mein treuer Vibrator – mein erstklassiges Ersatzstück, wenn Tom mal nicht »verfügbar« war oder sein bestes Stück nach vielen Stunden hartem Sex nicht mehr einsatzfähig war, dann holten wir unseren Willi aus dem Schrank, und während sich Tom an meinen Brustwarzen vergnügte – brummte dieser lange, dicke Vibrator in meiner Scheide, und ich kam meist sehr rasch und heftig nach nur kurzer Anwendung.

Aber ich habe mich nicht getraut, den Vibrator einzupacken. Die Vorstellung, beim Durchchecken des Handgepäcks von mindestens drei Uniformierten beim Entdecken von Willi belächelt zu werden, machte mich unruhig. Womöglich lassen sie sich das Teil von mir auch noch aus der Tasche ziehen. Hilfe! Die Gesichter. Ich sehe sie genau vor mir und hinter mir eine Schlange Hawaii-Hemden-Träger, grinsend, schmatzend – mich begutachtend. NEEEIIINNN – ich traute mich nicht, also liegt Willi zu Hause im kalten Deutschland im Schrank. Und ich sitze hier am zweiten Urlaubstag auf meinem Balkon und fange schon heute damit an, mir über meine sexuelle Befriedigung Gedanken zu machen. Lust auf einen One-Night-Stand habe ich auch nicht. Bin sozusagen auf dem MÄNNER-LASST-MICH-BLOSS-ALLE-IN-RUHE-TRIP … Ich glaube, das sieht man mir auch an. Auch das noch.

Freitag. Heute war ich viel an der Sonne, aber ich war noch nicht am Strand – irgendwie möchte ich in Zimmernähe bleiben – außerdem ist der Pool wunderschön … Ich lese den ganzen Tag und lasse mich dabei bräunen. Das erfrischende Wasser im Swimmingpool tut sooo gut. Ich werde mich auch heute nach dem Abendessen wieder auf den Balkon setzen und aufs glitzernde Meer hinausschauen. Der Ausblick auf die Bucht von Palma de Mallorca ist einfach nur grandios. Wenn abends die Kreuzfahrtschiffe bei Sonnenuntergang auslaufen und die Strandpromenade in einer herrlichen Lichterkette erleuchtet ist … ein Traum … es fehlt nur Tom … dieser Mistkerl. Wann kriege ich ihn endlich aus meinem Kopf? Gott sei Dank kann ich meine Lust noch im Zaum halten … das wäre furchtbar in meinem Single-Status – ohne Willi – und mit diesem Anti-Männer-Gefühl in mir.

Na, toll … da schreibe ich gestern noch ins Tagebuch, dass ich mich hier beherrschen werde … und schon ein paar Stunden später ist es um mich geschehen. Als ich gestern so gegen 23 Uhr ins Bett ging, hörte ich im Nachbarzimmer schon dieses leise Quietschen eines Bettes. Nein, dachte ich, bitte nicht neben mir … Alles, Discomusik, lachende Menschen auf der Straße, auch schreiende Kinder, aber bitte keine wilden, lautstarken Liebesnächte. Aber damit nicht genug. Ich lege mich ins Bett, und da geht es wieder los. Nein, ich will es nicht hören, mache das Radio an, und was läuft da? Spanische Flamenco-

Musik, heiße Gitarrenrhythmen, eine feucht-warme Meeresbrise und neben mir gleich hinter der dünnen Wand treiben es zwei Verliebte. Und wie. Ich höre die Frau, erst stöhnt sie leise, dann wird sie lauter und schreit schließlich, ihr Bett bewegt sich wie bei einem Erdbeben, dann höre ich auch den Mann, er törnt sie an, indem er immer »ja« schreit und »warte noch – ich bin noch nicht fertig mit dir«, sie stöhnt zurück: »Ich kann nicht mehr – oh Gott – lass mich kommen!«, und dann kommt sie wild und heftig. Es wird ruhig, nur diese Musik und meine Phantasie, die jetzt anfängt, mit mir durchzudrehen, ich stelle mir dieses Liebespärchen vor und werde fast wahnsinnig. Wo ist Tom? Warum habe ich Willi nicht eingepackt? Nein, ich fasse mich nicht selbst an … ich will nicht … ich will nur einschlafen und von einer wilden Nacht mit Tom träumen. Er nimmt mich hart, bestimmend und wir tun es bis in die Morgenstunden, ich träume, wie ich ihn in mir spüre, und er ist so groß …

Am nächsten Tag beschließe ich, einen langen Strandspaziergang zu machen. Ich suche mir eine einsame Bucht aus, fahre mit dem stickigen Bus endlose Kilometer, nur um an diesen Strand zu kommen. Ich will niemanden sehen … alleine sein … und meiner zügellosen Begierde nachgeben. Während ich dort laufe und sich meine Spuren im Sand bei jeder heranrollenden Welle wieder verlieren, lasse ich die Gedanken übers weite Meer fliegen, und mein Strandtuch flattert genüsslich um meinen inzwischen schon schön braungebrannten, weiblichen Körper. Was ich noch für herrlich feste Brüste habe! Der Bikini war eine gute Anschaffung, ich kann mich wirklich sehen lassen ... und doch sieht mich niemand. Gut, ich wollte es auch nicht anders. Ich habe dieses »Message in a bottle«-Feeling, während ich durch das salzige Wasser wate, und laufe einfach endlos weiter. Nach einigen Stunden endet die Bucht an einer steilen Küstenwand. Kein Mensch – ein paar Möwen begleiten mich und ziehen freudig ihre Bahnen über meinem Kopf. Ich beschließe, mich dort am Ende der Bucht auf mein dünnes Strandtuch zu legen, den Bikini auszuziehen und totale Körperbräune aufzunehmen, nackt, einfach nur nackt in der Sonne liegen und mir in der heißen Mittagssonne diese antörnenden Gedanken aus meinem Gehirn zu brennen. Gerade als ich mich so auf meinem Tuch rekle und die Beine etwas spreize, weil es so ein herrliches Gefühl ist, die heiße Sonne prickelnd auf meiner Vagina zu spüren – sehe ich ein rotes kleines Päckchen, das an Land gespült wird. Spontan fällt mir wieder dieser Film »Message in a bottle« ein, und ich stehe auf, um mir dieses undefinierbare Teil genauer anzuschauen. Die Verpackung ist aufgeweicht, darin sehe ich ein rotes Teil, wie ein gekrümmtes Eis am Stil. LAYAspot steht auf der Verpackung von FunFactory. Was könnte das sein? Ich hole es raus, es ist nass. Ich drücke spontan darauf herum, und plötzlich fängt es an zu vibrieren. Das darf doch nicht wahr sein, ich drücke weiter, und die

Vibration wird stärker. Und da macht es »Klick« bei mir – es ist ein VIBRATOR, voll funktionstüchtig, trotz der Nässe, klein aber fein ... Es erscheint mir beinahe unmöglich, und ich drehe mich in alle Himmelsrichtungen um, ob nicht doch irgendein menschliches Wesen in der Nähe ist ... aber nichts ... nur die Möwen schauen neugierig und verspielt von der Klippe zu mir herüber. Ich muss lachen ... wenn es so was wie Schicksal oder Zufall gibt, dann ist dies ein ganz besonderer Moment, es scheint, als würde mich nun die Sonne beinahe frech anblinzeln ... und ich verstehe jetzt!

Schnell mache ich mich zu Fuß, dann mit dem Bus zurück auf den Weg ins Hotel. Nein, nicht hier am Strand, ich will alleine sein, diese herrliche Musik im Hintergrund hören, ein Glas Champagner trinken ... und ... ja ... genießen ...

Ich bestelle mir eine ganze Flasche Champagner aufs Zimmer. Es ist schon dunkel, die Luft noch heiß und stickig im Zimmer, ich habe den Propeller angeschmissen an der Decke. »Casablanca« – schießt es mir durch den Kopf. Dann lasse ich Wasser in die Badewanne ein, dusche zuerst heiß, lasse Badeöl ins Wasser ein, stelle den Champagner an den Beckenrand und lege mich schließlich ganz genüsslich in die Wanne. Ich berühre sanft meinen Körper, er glitscht vor Öl, und meine Haut leuchtet dunkelbraun in dem faden Licht, das von außen hereindringt, die Brustwarzen werden sogleich hart und groß, Wasserperlen aus dem Duschkopf tropfen auf meine roten Lippen, ich nippe am Champagner … und werde langsam heiß … das Teil habe ich ebenfalls an den Beckenrand gelegt … ich schaue es an, es ist klein und schmiegt sich in meine Hand, durch sein samtiges aber festes Material sehr angenehm, die Verpackung liegt auf dem Boden, zerknautscht und doch erkennbar: LAYAspot … die letzten zwei Buchstaben beginnen wie TOM und ich sage plötzlich schmunzelnd vor mich hin: »Du bist ab sofort mein Tommy.« Ich habe Lust, es hier im warmen Badewasser auszuprobieren … die Nässe des Salzwassers hat es ausgehalten, also warum nicht auch hier in meiner schnuckeligen Badewanne …

Ich schließe die Augen, drücke sanft auf den kleinen Vibrator, und es beginnt zu vibrieren, mit der linken Hand lege ich ihn auf meine Scheide … es summt ganz leise und stimuliert angenehm meine Klitoris. Ich tippe sie mit meinem Toy an, und es erregt mich, führe es nun ein wenig in meine Scheide ein und spiele damit herum … beginne gleichzeitig mit der rechten Hand meine Brüste zu streicheln. Das Wasser tropft stetig aus dem Duschkopf auf mein Gesicht, meine Brüste und meine Lippen … nebenan geht das Gestöhne wieder los. Ich stelle mir vor, wie er tief in sie eindringt, wie ihr Körper durchgeschwitzt auf dem dünnen Bettlaken liegt und sie sich ihm genüsslich hingibt … Automatisch drücke ich wieder auf meinen Vibrator, und er wird schneller, ich bewege das Teil auf und ab, um meine Scheide herum, lasse es minutenlang auf meiner Klitoris liegen und hege wilde Phantasien … aaaaahhhhhh … es tut so gut … mit kreisenden Bewegungen drücke ich nun mit der rechten Hand meinen Unterleib und verstärke den Druck auf meine erregten Zonen im Wasser. Ich sinke tiefer hinab, lege den Kopf tiefer in die Badewanne, meine Haare sind nass – alles ist nass, und ich lege die Beine gespreizt auf die Beckenränder links und rechts. Während nebenan das Wackeln und Stoßen am Bett lauter wird, lasse ich mehr warmes Wasser aus dem Duschkopf auf mich fließen … Plötzlich spüre ich die totale Erregung in mir … das Vibrieren macht mich komplett verrückt, meine Klitoris ist vor Erregung fest und geschwollen … das tröpfelnde Wasser auf meinen Lippen, der wilde Sex im Nachbarzimmer … ooohhhh … und dann … in einem langen tiefen Ausatmen erfasst ein unglaublich intensiver Höhepunkt meinen ganzen Körper.

Angetörnt vom Champagner und diesem nicht enden wollenden Kribbeln im Schambereich bewege ich mich aus der Badewanne, trockne mich nicht ab, die Luft ist noch schwül, der Propeller kreist stetig über meinem Bett, ich lege mich splitternackt und nass auf mein Bett und beginne erneut … ich spiele, berühre mich, bis ich endlich komme … um dann satt, zufrieden und höchstbefriedigt traumlos und mit gespreizten Beinen einzuschlafen.

Morgen werde ich wieder zur Bucht hinausfahren, ich werde Tommy mitnehmen … mich ins seichte Wasser legen und mich dort unter der heißen Sonne

Spaniens befriedigen … und wenn die Sonne das Salzwasser auf meiner gebräunten Haut getrocknet hat, werde ich ihn dort zurücklassen, für die nächste Dame, die sich einsam und allein nach Befriedigung sehnt.

Es war ein herrlicher Urlaub, ich habe ihn genossen, und ich weiß nun, was ich zu tun habe, wenn ich zurück in Deutschland bin – und mich die pure Lust erfasst – ich besorge mir meinen eigenen kleinen LAYAspot und werde es mir einfach nur gutgehen lassen …

Eine Bahnfahrt mit Folgen

Das schönste Liebeserlebnis hatte ich im Sommer letzten Jahres. Ich hatte vor, quer durch Deutschland ein paar Freunde zu besuchen. Für diese Reise hatte ich rechtzeitig drei Wochen Urlaub eingereicht. Ich war gerade Single nach einer sechsjährigen Beziehung und hatte eigentlich furchtbare Angst, allein zu reisen. Auf Anraten meiner Freundinnen entschied ich mich, mit der Bahn zu reisen, weil man angeblich wunderbare Kontakte in Großraumabteilen knüpfen konnte. Von Männern hatte ich die Nase erst einmal voll, aber ein paar nette Bekanntschaften wären ja unverbindlich. Zu diesem Zeitpunkt wusste ich noch nicht, dass etwas dran ist an dem Spruch: Wer nicht suchet, der findet!

Ich stieg abends mit meinem Köfferchen in den Zug ab Kiel mit Fahrtziel Nürnberg, um dort meine langjährige Schulfreundin Anna für ein paar Tage zu besuchen. Ich saß noch keine zehn Minuten im Abteil, als zwei Männer zu mir stiegen. Sie sahen sexy aus in ihren schicken, schwarzen Anzügen. Unsere Blicke streiften sich kurz, die Männer begrüßten mich freundlich, und kurz darauf verschwanden sie im Zugrestaurant. Ich hatte mir einen Fensterplatz reserviert und liebte es, hinaus in die Gegend zu träumen.

Nach etwa weiteren fünfzehn Minuten betrat eine Frau das Abteil: groß, schlank, lange blonde Haare, wohl duftend nach teurem Parfüm. Sie lächelte mich wortlos an und verstaute ihr Köfferchen über ihrem Sitz.

Der Zug hatte sich gerade Richtung Süden in Bewegung gesetzt, da begann die Dame auch schon eine Unterhaltung mit mir. Wir stellten uns einander vor, erwähnten kurz Beruf, Alter und Reiseziel. Dann folgte ein betretenes Schweigen. Die Dame war Inhaberin einer Begleitagentur. Tanja, so hieß sie, war auf dem Weg nach München, um dort ihren Bruder zu besuchen.

Etwas Magisches, etwas Anziehendes ging von dieser Frau aus. Ich bewunderte sie für ihre schöne, sinnliche Stimme, für ihr sicheres Auftreten. Ich sah, dass sie keinen Ehering trug, und traute mich zu fragen, ob sie eine eigene Familie habe. »Ich habe mich gerade von meiner Freundin getrennt!« Der Bann war endgültig gebrochen. Zwei frische Singles, eine heterosexuell, die andere lesbisch, auf dem Weg gen Süden.

Die Landschaft, die an mir vorbeirauschte, hatte ich nur noch beiläufig wahrgenommen.

Wir waren noch immer allein im Abteil – keiner stieg mehr zu, und die beiden Herren schienen auch lieber unter sich im Zugrestaurant zu sein, als unsere Gesellschaft zu genießen. Ich wünschte heimlich, ich würde mit Tanja für den Rest der Fahrt allein bleiben können. Es ist nicht so, dass mich Frauen besonders angezogen hätten, aber Tanja hatte etwas, was mich in der Tat »anmachte«. In meiner Phantasie war ich stets offen für körperliche Begegnungen mit dem anderen Geschlecht, aber in der Realität fand sich nie die Gelegenheit dazu. Und ich hatte ja mit meinem Freund alles, was ich brauchte.

Und doch war jetzt alles anders gewesen. Diese Blicke, die mir Tanja zuwarf, diese Art zu kokettieren, sich durch das lange Haar zu streichen, es zurückzuwerfen, mit einer Locke zwischen den Fingern zu spielen. Ich war schon ziemlich angeturnt, ließ mir aber zunächst nichts anmerken.

Obwohl die Plätze neben mir offensichtlich durch die Mäntel der Herren besetzt waren, stand Tanja auf, legte die Mäntel auf die anderen freien Plätze und setzte sich direkt neben mich. Ein tiefer Blick in unsere Augen machte mich unsicher, und ich suchte den Blick aus dem Fenster. Vor meinen Augen spielten sich unvorstellbare Szenen ab: Ich würde Tanja auf der Bordtoilette verführen, sie zärtlich entkleiden und sie leidenschaftlich überall küssen.

»Lust auf Champagner?« Ich trinke eigentlich nichts, weil ich nichts abkann, aber ich konnte nicht Nein sagen. »Gern!« – ich schenkte Tanja mein schönstes Lächeln und ertappte mich dabei, wie ich ihr länger als zufällig auf ihre sinnlichen Lippen starrte.

Tanja stand auf und kramte in ihrem Köfferchen.

Sie holte eine Flasche Champagner hervor und zwei Plastikbecher. »Passt wohl nicht – trinken wir aus der Flasche?« Staunend und zugleich fasziniert schien ich den Boden unter den Füßen zu verlieren. In mir stieg ein solches Verlangen nach dieser Frau auf, dass ich mich zu schämen begann. Ich war ein frischer Single, und ausgerechnet auf der Zugfahrt nach Nürnberg hatte ich das große Verlangen, eine Frau zu verführen; noch dazu eine Frau dieses Kalibers: eine Geschäftsfrau. Ob so eine sich jemals mit einer einfachen, schlichten Frau wie mir vergnügen würde?

Tanja hatte mir die Flasche gereicht und mir den ersten Schluck angeboten. Während der Flaschenhals zwischen meinen Lippen steckte, begann Tanja intimer zu werden; wie es mir jetzt ginge, ohne Sex, oder ob ich auch One-Night-Stands akzeptieren würde, bis der nächste Traumprinz käme. Das war zu viel für mich. Ich verschluckte mich an dem Champagner und prustete alles auf den Boden. Zum Glück hatte Tanja links von mir Platz genommen. Sie fing fürchterlich an zu lachen. »War ich zu direkt? Entschuldige bitte!« Ich kicherte vor mich hin und entschuldigte mich für meinen peinlichen Auftritt.

Tanja konnte definitiv mehr trinken als ich. Sie setzte die Flasche an und schluckte und schluckte und schluckte. Mein Mund stand wohl zu weit auf, so dass Tanja sich animiert fühlte, die Flasche direkt an mich zurückzugeben, oder besser – sie fütterte mich.

Ich warf den Kopf in den Nacken und schluckte ebenfalls.

Ich weiß nicht, wie lange wir schluckend und kichernd in dem Abteil beisammensaßen, als die beiden Herren zurückkamen, ihre Mäntel holten und sagten: »Es war uns ein Vergnügen, meine Damen. Gute Fahrt noch!«

Ungläubig schauten wir uns an. Ich freute mich natürlich über deren kurzes Stelldichein, und ich bin sicher, Tanja erging es nicht anders.

Draußen war es mittlerweile dunkel, der Zug hatte schon einige Male gehalten, aber zugestiegen war zum Glück keiner mehr.

Ich war mittlerweile richtig beschwipst und begann wie ein Wasserfall zu reden. Ich hatte jegliche Hemmungen verloren und stellte eine intime Frage nach der anderen. Als wir anfingen, die Sexpraktiken zwischen Frauen denen zwischen Männern und Frauen gegenüberzustellen, war es um mich geschehen. Ich hatte mich verknallt. Oder verwechselte ich den Ansturm meiner Gefühle mit spontaner Geilheit? Meine Erregung hatte ihr Maximum erreicht.

Und dann war da dieses Schweigen. Ein Schweigen, das alles und nichts heißen konnte. Und dann war da diese Hand. Tanjas Hand, die sich auf mein linkes Knie legte. Ich war zur Salzsäule erstarrt, und gleichzeitig genoss ich diese feine Berührung. Durch den Stoff meiner Jeans konnte ich Tanjas Haut spüren. Ich legte meine Hand auf ihre und drückte sie stärker auf mein Bein. Unsere Hände suchten und fanden einander, unsere Finger umspielten sich wild. Unser Verlangen war deutlich.

»Die Fahrkarten, bitte!« Der Schaffner hatte uns für einen Augenblick aus unserer Romantik herausgeholt. Unsere Berührungen trennten sich.

Als der Kontrolleur die Tür zugezogen hatte, schob Tanja die Gardinen vor Tür und Fenster zu. Sie kam auf mich zu, setzte sich auf meinen Schoß und küsste mich. Sie fing einfach an, mich zu küssen. Für Sekunden schien meine Zunge wie gelähmt, aber dann stieg ich ein ins Karussell der Gefühle und umspielte ihre Zunge mit meiner. Unser Speichel vermischte sich. Tanja stand auf, zog mich zu sich hoch und hielt mich fest im Arm. »Du hast noch nie mit einer Frau geschlafen, richtig?«

Und dann nahm alles seinen *beinah* gewohnten Gang. Nur, dass ein Frauenkörper an meinem hing. Tanja sank auf die Knie und spreizte meine Schenkel. »Und wenn jemand reinkommt?« »Nein, der Zug hält vor morgen früh nicht mehr. Und die meisten schlafen schon!«

Ich ließ es einfach geschehen. Ich stand da, mit dem Rücken ans Fenster gelehnt, die Jeans mittlerweile halb heruntergelassen und eine Frauenzunge zwischen meinen Schenkeln. Tanjas Berührungen waren so zärtlich wie ich es nie erfahren hatte. Während ihre Zunge in kreisenden Bewegungen mein Fleisch entlangfuhr, knetete sie mit den Händen meine Pobacken. Ich merkte, wie ich mich zusammenreißen musste, um nicht vorschnell einen Höhepunkt zu erleben. Ich war so im Rausch gefangen, dass alles um mich herum vollkommen vergessen schien. Ich wollte unmöglich jetzt den Gipfel meiner Lust erklimmen, wenngleich mir die Feuchtigkeit zwischen meinen zarten Schenkeln die Gewissheit gab, wie unendlich scharf ich gerade war, und wie wenig weit von diesem Gipfel entfernt.

Ich zog Tanja hinauf zu mir und küsste sie, wobei ich ihr den dünnen Pullover hochschob. Ihre Haut war zart und weich wie die eines Neugeborenen. Ihr Parfüm war im Nacken besonders intensiv. Eine Mischung aus Vanille und Moschus. Während ich zärtlich ihre Schultern und ihren Nacken liebkoste, schob Tanja eine Hand in meinen Schritt. Sie erfühlte genau meinen Punkt, ließ abwechselnd ihre Finger zwischen meine dünnen Lippen gleiten und massierte meine Haut unterhalb davon. Dann setzte sie wieder ab und roch an ihren Fingern, bevor sie mir diese in meinen Mund steckte. Meine Lippen saugten an ihren Fingern, was mich so unglaublich anturnte, dass ich meiner Lust endlich freien Lauf lassen musste. Noch eine letzte Berührung, und ich würde meinen Höhepunkt unmöglich weiter hinauszögern können.

Tanja schob ihren Rock hoch und ihren Schlüpfer herunter. Unsere Geschlechter berührten sich, zärtlich und vorsichtig näherkommend. Wir begannen, einen gemeinsamen Rhythmus zu finden. Ihre abrasierte Scham rieb sie an meinem dicht bewachsenen Busch. Ich spürte ihre Lippen und konnte ihren sinnlichsten Punkt erfühlen. Unsere kleinen Knospen saugten fast aneinander.

Ich hatte einen so starken Höhepunkt, dass es sich anfühlte, als hätte ich wie ein Mann ejakuliert. Tanja schien das erst recht auf ihren eigenen Gipfel der Wollust zu bringen, so dass sie kurz nach mir einen dunklen, langen Schrei ausstieß. Unsere Körper zitterten. Wir waren glücklich und zugleich beschwipst und übermütig.

Nachdem wir unsere Kleidung wieder zurechtgezogen hatten, hatten wir noch ein paar Stunden Zeit, um schlafen zu können. Hand in Hand.

Als der Zug in Nürnberg hielt, umarmten wir uns innigst, aber unverbindlich. Ich habe sie zum letzten Mal an diesem Bahnhof gesehen. Wir haben keine Nummern ausgetauscht, kannten nicht einmal unsere Nachnamen. Wir blieben anonym und hatten doch das Intimste miteinander geteilt.

Am Bahnhofsrestaurant wartete schon meine Freundin Anna. »Hey, durchgemacht, oder was?!« Anna lächelte verschmitzt. Sie kannte mich zu gut und vermittelte mir gleich das Gefühl, als hätte auf meiner Stirn gestanden: »Frisch entjungfert. Von einer Lesbe!« Ich fiel Anna müde um den Hals und hätte ihr am liebsten an Ort und Stelle von meiner »Bahnfahrt mit Folgen« berichtet. Aber ich musste mich unbedingt erst einmal sammeln. Zu mir kommen. Begreifen, was nur wenige Stunden zuvor für mich zu einem außergewöhnlichen, riesigen Sexerlebnis geworden war.

Eines war mir klar geworden: Nach dieser Erfahrung mit einer Lesbe war ich bereit, es noch einmal mit einer Frau zu tun. Das schloss aber nicht aus, dass ich noch immer an die große Liebe mit einem Mann glaubte. Und dass ich niemals auf das männliche Geschlecht verzichten könnte und wollte.

Wolkenbruch

So wild gefeiert wie an diesem Abend hatte ich schon lange nicht mehr.

Alle Leute aus der Versandabteilung hatten einen Sommer-Grill-Abend organisiert, und jeder war eingeladen. Es gab jede Menge Salate, Steaks, Würstchen und gegrillten Fisch, eine ganze eiskalte Badewanne voll Bier und Sekt, das ganze musikalisch umrandet von einer professionellen Jazzcombo. Die Party war im Hinterhof eines Altbaus, und auch das ganze Haus feierte mit.

Neben den üblichen Firmenfeier-Verbrüderungen zwischen Chefs und Angestellten sowie den ausgelassenen und peinlichen Biertisch-Limbo-Tänzen hatten wir Damen zusätzlich die Freude, den ganzen Sekt für uns alleine zu haben, weil die Herren sich ausschließlich dem Bier zuwandten.

Irene fing irgendwann an, ihre Top Five der miserabelsten Bettgeschichten zu erzählen, und wir anderen bekundeten jedes Mal unser heiteres Beileid durch lautstarkes Anstimmen der verschiedensten Trinklieder.

Ja, wir waren betrunken und albern, doch es machte

tierischen Spaß, sich in einer feinen Gesellschaft gehen zu lassen. Dass die Jungs von der Band nicht wirklich happy über diese eher unmusikalischen Einlagen waren, störte niemanden von uns. Der Saxophonist, ein großer, etwa 30-jähriger schlanker Typ mit dunklen kurzen Haaren verdrehte seine Augen und stimmte erneut den Song »All of me« an, und der Jazz übertönte unser Gekicher.

Als ich irgendwann auf die Uhr sah, war es Viertel vor drei, und der Hof leerte sich zusehends. Ich musste ja noch nach Hause laufen, fiel mir ein, und kühl wurde es auch. Die letzten Flaschen waren schon lange geleert, der Grill war aus, und die Band packte zusammen. »Time to go!«, sagte meine innere Stimme, und so verabschiedete ich mich von den letzten Gästen und stapfte fröhlich beschwipst Richtung Luisenhain.

Nach einigen Minuten wurde es windig, nach einer Viertelstunde stürmte und donnerte es, und kurz darauf torkelte ich Schutz suchend in den nächstgelegenen Hauseingang. Auf einen heftigen Platzregen war ich nun wirklich nicht eingestellt! Ich schaute mürrisch in die regnerische Nacht, als plötzlich ein Schatten vor mir auftauchte, sich triefnass neben mich stellte und begann, seine Klamotten auszuschütteln.

»So ein Mistwetter, was?«, sagte er.

Wir sahen uns verlegen an und schwiegen für einen peinlichen Moment. Der Saxophonist! Oh Gott, wie unangenehm. Hätte er sich nicht einen anderen

Ort zum Unterstellen aussuchen können? Mistwetter, blödes Mistwetter, dachte ich noch mal!

Wir standen unbeholfen nebeneinander, und das Schweigen war noch schlimmer als der Sturm und der Regen vor unseren Augen. Doch dann fasste ich mir ein Herz und begann munter drauflos zu plappern, den Abend und die Musik zu loben und irgendeinen halbwissenden Unsinn über Jazz zu reden. Er lächelte milde, doch die Stimmung blieb nasskalt. Der Regen rauschte nun förmlich vor unseren Augen vorbei wie eine Wand aus waberndem Glas, und es schien keine Besserung in Sicht.

Patrick (er war dann so nett, sich mir vorzustellen) kramte nach seinem Handy, um ein Taxi zu rufen, doch als er es aus seinem Mantel herauszog, fiel es zu Boden, und er fluchte. Wir beide bückten uns, um es aufzuheben, und unsere Hände berührten sich zufällig. Ein Schauer durchzog meinen Körper, ein Schauer aus Elektrizität und Lust. Seine Hände waren schön und zart, dabei aber männlich und gepflegt. Einen Augenblick zu lange hielten wir beide sein Telefon fest, richteten uns auf und ließen einander nicht los.

Wir sahen uns an, sahen gemeinsam raus in den Regen, nach hinten in den dunklen und geräumigen Hauseingang, und sagten dann wie aus einem Mund: »Wird wohl noch etwas dauern, bis es aufhört da draußen.«

Unser überraschtes Lachen erstickte in einem tiefen, langen Kuss. Er war warm und voller Leidenschaft, und wir beide fühlten unseren schweren Atem im Gesicht. Ich schob meine Hand unter sein schwarzes Hemd und streichelte seinen Brustkorb, während er ganz vorsichtig meinen Mantel herunterstreifte, um meinen Rücken berühren zu können. Das Rauschen des Regens, die Kälte der Nacht und das Gefühl, genau in diesem Moment etwas herrlich Schamloses und Verrücktes zu tun, ließen meinen Kopf rasen und meine Erregung steigen.

Während ich mit einer Hand langsam seine Hose öffnete und mit zufriedenem Lächeln seinen festen Po erfühlte, lenkte ich seine Finger geschickt unter mein Sommerkleidchen, wo er zu seinem Erstaunen keinen Slip ertastete. Eigentlich war das ja als letztes Mittel gedacht, meine heimliche Liebe Herrn Breuer endlich mal rumzukriegen, doch der hatte sich den Abend über nur mit seinen Saufkollegen und am Ende mit der neuen Telefonistin beschäftigt.

Dieser ganze Frust entlud sich nun in erotischer Energie bei strömendem Regen in einem Hauseingang. Patrick ließ seine Finger geschickt um meine warme Rose kreisen, und ich schob meine Hand in seine Shorts und begann ihn dort zu massieren. Er war ein ganzes Stück größer als ich, und darum ließ ich es mir nicht nehmen, auch mal kurz meine Zunge über seine Spitze gleiten zu lassen.

Das Unwetter schottete uns von der Außenwelt ab und machte den dunklen Hauseingang zu unserem stillen Paradies der Wollust, während vor uns reißende Bäche entlangflossen, durchzogen uns hitzige Ströme und rauschende Flüsse der leidenschaftlichen Begierde.

Patrick hatte mich auf einen Stapel Zeitungen gehoben und liebkoste meine Brüste, küsste meinen Hals und benetzte meine Ohren mit lieben Gesten und bösen Worten. Ich wollte ihn spüren, hier und jetzt. Also schob ich mein Kleid ganz hoch und seine Hose ganz runter, umschloss ihn mit meinen Beinen und ließ mich gegen die Hauswand drücken. Er drang so überraschend heftig in mich ein, dass ich kurz keine Luft bekam, doch das geschah nur aus überschwänglicher Freude, weil es endlich so weit war. Wir fanden schnell einen gemeinsamen Rhythmus und feuerten uns durch lautes Keuchen und wilde Küsse weiter an. Ich fühlte das ekstatische Kribbeln, das ich schon so lange vermisst hatte, und es blitzte durch meinen ganzen Körper.

Den ersten und zweiten Orgasmus ließ ich Patrick beinahe nicht bemerken, aus Angst, dass er eine Pause machen würde. Beim dritten Mal jedoch, als ich fühlen konnte, dass auch er kurz vorm Explodieren war, keuchte und jauchzte ich ihn schnell atmend an, gab ihm zu verstehen, dass er ruhig in mir explodieren könne. Wir beide kamen gemeinsam zum Höhepunkt, sein warmer Schwall schoss in mich hinein, und unser Zucken wurde von einem ohrenbetäubenden Donnerschlag gekrönt.

Der Schreck ließ uns für einen Moment lang erstarren und ängstlich hinausblicken, doch dann lösten wir uns langsam, ganz langsam voneinander, ordneten unsere Klamotten und hielten uns noch eine Weile im Arm. Die Regentropfen schienen aus einer nicht enden wollenden Kette zu bestehen, die unser kleines dunkles Paradies umwickelte.

Mit einem Mal wurde es hell hinter uns, die Milchglastür erleuchtete plötzlich das Szenario unseres bis dahin intimen Orts. Die Tür wurde aufgerissen, und das mürrische Gesicht eines alten Mannes im Morgenmantel erschien. »Ganz schön ungemütlich da draußen, was?«, sagte er, nahm eine Zeitung vom Stapel auf dem Boden und verschwand wieder.

Patrick und ich sahen uns an, grinsten wissend und starrten eng umschlungen in den endlosen Regen der Nacht, während er leise »All of me, why not take all of me« in mein Ohr sang.

Nach der Reitstunde

Alcatraz trabte schwungvoll mit majestätisch gebogenem Hals die lange Seite der Reithalle hinunter. Seine Flanken waren mit weißen Flocken seines Schweißes bedeckt. Mit jedem Schnauben drang sein Atem in kleinen Wölkchen aus seinen Nüstern hervor, wie bei einem Feuer speienden Drachen im Märchen. In der Reithalle war es so kalt, dass auch Estefanias Atem deutlich zu sehen war. Sie war am ganzen Körper schweißbedeckt, trug aber einen dicken, schwarzen Anorak gegen die Kälte. Ihre langen roten Haare hatte sie zu einem Zopf gebändigt, der im Takt des Trabes mitwippte. Es war halb elf am Abend, sie war die letzte von Ninos Reitschülerinnen. Sie war seine Meisterschülerin. Nur sie durfte seinen Hengst Alcatraz reiten, der die hohe Dressur beherrschte und das beste Pferd im Reitstall war.

Estefania hatte gar nicht gewusst, wie ihr geschah, als ihr Nino plötzlich vor einem Jahr angeboten hatte, Alcatraz unter seiner Anleitung zu reiten. Natürlich hatte sie eingewilligt, diese Chance hätte jede Reiterin im Stall sofort ergriffen. Und doch war sie von Simone, die vor Estefania Alcatraz geritten hatte, eindringlich gewarnt worden, das Angebot anzunehmen. Simone hatte sich äußerst merkwürdig ausgedrückt und etwas von »Warte ab, was nach der Reitstunde auf dich zukommt« gemurmelt, aber Estefania war das egal gewesen.

Nino stand kerzengerade in der Mitte der Reithalle und verfolgte mit seinen dunkelbraunen, wachen Augen Reiterin und Pferd. Er war Mitte fünfzig und somit fast dreißig Jahre älter als Estefania. Er war ein gutaussehender Mann von der Sorte, die mit den Jahren immer attraktiver wurde. Er hatte einmal dichtes dunkles Haar gehabt, was an den Schläfen allmählich ergraute. Dieses südländische Aussehen und sein Ruf als Frauenheld hatten ihm den Spitznamen Nino eingetragen, denn eigentlich hieß er Herbert.

Nach der Reitstunde wuchtete Estefania mit Schwung den eleganten, schwarzen Dressursattel auf seinen Halter in der Sattelkammer. Sie hängte die Kandarre auf und machte sich zurecht. Nun trug sie nichts als ein schwarzes Mieder aus Seide, das ihre runden Brüste auf eine ganz exquisite Weise in Szene setzte, und ihre Reitstiefel. Sie fühlte sich in dieser aufreizenden Aufmachung unglaublich sexy. Ihr Haar ergoss sich wie ein Wasserfall über ihren schmalen Rücken mit der blassen Haut und den vielen Sommersprossen, als sie das Haargummi löste.

Es klickte, als Nino den Schlüssel im Schloss herumdrehte, und das Geräusch verursachte Estefania eine Gänsehaut. Sie stand mit dem Gesicht zu ihrem

Spind und war sich der Anwesenheit Ninos in ihrem Rücken voll bewusst. Ganz langsam drehte sie sich zu ihm um. Das erhöhte den Reiz des Spiels. Für beide.

Wie an jenem allerersten Mittwoch kniete er vor ihr, mit gesenktem Haupt. Seine Arme auf dem Rücken verschränkt. Damals hatte sie nicht gewusst, wie sie reagieren sollte, doch heute griff sie wie selbstverständlich in ihren Spind, wählte die kurze Springgerte und umklammerte fest ihren Griff. Mit dem Ende der kleinen Peitsche touchierte sie leicht Ninos Kinn.

»Schau mich an!« Ihr Tonfall war streng und ließ keinen Widerstand zu.

Er gehorchte und sah ihr in die Augen. Sie kostete diesen Moment, in dem ihre Identitäten wechselten, aus. Nun war sie diejenige, die ihm sagte, wo es langging.

»Warst du zufrieden mit mir und Alcatraz?«

»Ihr wart in Bestform, Herrin!«, antwortete er ruhig.

»Kein Tadel deinerseits?« Sie führte die Springgerte etwas höher an seine Wangen und strich darüber. Sie sah, wie sehr ihn das erregte. Seine Augen fingen auf diese ganz besondere Art und Weise an zu funkeln.

»Ihr wollt getadelt werden, Herrin?«, fragte er unterwürfig.

»Aber sicher will ich das!« Die Gerte wanderte zu seiner anderen Wange.

»Die Trabtraversale, Herrin.«

»Was ist damit?«, erwiderte sie zornig. Sie fand, dass sie die Trabtraversale heute wunderbar geritten war.

»Letzten Mittwoch gingen sie geschmeidiger, Herrin. Alcatraz war versammelter und williger, Herrin.«

Estefania wusste, dass er recht hatte. Trotzdem war jeder Tadel, den er ihr entgegenbrachte, willkommener Anlass für sie, ihn zu bestrafen. »Nun, dann hast du mir wohl nicht richtig beigebracht, die Trabtraversalen zu absolvieren.« Sie ließ die Spitze der Gerte seinen Oberkörper entlangwandern bis zu der Beule in seinem Schritt. Er stöhnte unterdrückt.

»Hast du etwa gestöhnt?«, fragte sie ungläubig.

»Ja, Herrin.«

»Habe ich dir das erlaubt?«

»Nein, Herrin. Es tut mir leid, Herrin.«

»Zu spät, Nino! Strafe muss sein!« Ihre Stimme wurde heiser vor Begehren. »Mach deinen Oberkörper frei!«

Er gehorchte und streifte in einer einzigen Bewegung Pullover und T-Shirt vom Leib. Estefania spürte, wie sie feucht wurde. Die Vorfreude, ihm eine Abreibung zu verpassen, trieb ihr die Säfte in die Pussy.

»Dreh dich um und leg dich über den Bock da!« Er gehorchte und rutschte auf Knien zu einem hölzernen Sägebock, der gegenüber den Spinden stand. Darauf lag der Sattel von Simones Pferd. Irgendwann hatte Estefania eine diebische Freude daran entwickelt, Nino vor dem Sattel ihrer Vorgängerin niederknien zu lassen, wenn sie ihn züchtigte. Nino hatte für sein Alter noch immer eine umwerfende Statur. Seine Rückenmuskeln waren trainiert und traten deutlich hervor, als er seine Arme auf den Sattel vor ihm stützte. Der Gedanke, dass ihm dabei der Geruch von Pferdeschweiß und Leder in die Nase steigen musste, machte Estefania noch geiler, als sie ohnehin schon war. Bereits als kleines Mädchen hatte der Geruch von Leder und Pferden sie sexuell erregt. Ohne Vorwarnung knallte die Spitze der Springgerte auf Ninos rechtes Schulterblatt und hinterließ einen rot leuchtenden Striemen. Er biss die Zähne zusammen, damit er nicht aufstöhnte vor Schmerz und Wonne. Sein Schwanz zuckte in freudiger Erwartung. Estefania verpasste ihm ein paar kurze, zischende Schläge auf den unteren Rücken, dann trat sie dicht hinter ihn. »Hosen runter, aber dalli!« Ihre Macht über diesen starken, schönen Mann berauschte sie.

Mit ruhigen Bewegungen entblößte er sich für seine Herrin. Estefania erhaschte einen Blick auf seinen prächtigen Ständer. Sein Schwanz war nicht allzu groß, aber sehr schön geformt. Sie stellte sich seitlich neben ihren knienden Geliebten und stellte dabei einen Fuß auf das Ende des Sägebocks, auf dem Simones Sattel lag. Lustvoll präsentierte sie Nino ihre klatschnasse, duftende Möse und er konnte den Blick nicht davon abwenden. Sofort bettelte er, sie lecken zu dürfen. »Du weißt, dass es dafür noch zu früh ist!« Wütend ließ Estefania die Springgerte auf seine angespannten Pobacken sausen. Sein Keuchen war tief und kehlig, als ihn die Gerte traf. Estefania bekam wacklige Knie von diesen Lauten, so erregt war sie. Ihre Pussy war so nass, dass ihr der Saft an den Innenseiten ihrer Schenkel hinunterlief. Ninos Blick wurde gieriger. Seine Bitten immer drängender.

»Herrin, bitte, lass mich dich lecken, bitte! Du weißt, dass ich es kann, Herrin!« Wieder traf ihn unerbittlich die Gerte, sein Schwanz wurde härter. Estefania bereitete es höchstes Vergnügen, ihn so leiden zu sehen. Andererseits hielt sie es selbst kaum noch aus, sie wollte seine Zunge auf ihrer geschwollenen Perle spüren.

»Dreh dich um!«

Er gehorchte, drehte sich vom Sattel weg und kniete nun so vor ihr, dass sein Gesicht nur Zentimeter von ihrer triefenden Möse entfernt war. Die Geilheit war ihm in die Gesichtszüge gemeißelt, aber er beherrschte seine Lust, um ihr zu gefallen. Diesen Moment der größten Macht kostete Estefania noch ein wenig länger aus. Sie berührte seine Erektion mit der Spitze der Gerte, reizte seine Eichel, fuhr den Schaft entlang, streichelte sanft seine prallen Eier. Nino stöhnte unkontrolliert. Zur Strafe zwickte sie ihn in seinen rechten Nippel, und er stöhnte noch lauter auf.

»Du darfst mich lecken …«, sagte sie gedehnt.

»Oh ja, Herrin, bitte!« Nino näherte seinen Mund

ihren vor Feuchtigkeit glänzenden Schamlippen, doch sie gab ihm einen scharfen, kurzen Schlag mit der Gerte vor die Brust, um ihn in seiner Geilheit zu bremsen. Er stoppte mitten in der Bewegung und sah sie demütig von unten herauf an.

»Zuerst spielst du an deinem Schwanz herum. So lange, wie es mir gefällt, dir dabei zuzuschauen.« Sofort griff sich Nino an sein Rohr und massierte den Schaft, während sein Blick starr auf ihren Lusttempel gerichtet war.

»Genug!«, herrschte Estefania ihren Sklaven schließlich an. »Komm her und leck deine Herrin!«, befahl sie mit vor Erregung rauer Stimme. Nino stürzte sich ohne Umschweife auf Estefanias nasse, überreife Frucht. Sie packte mit ihrer freien Hand sein Haar im Nacken und drückte sein Gesicht noch fester in ihre Scham. Gleichzeitig bewegte sie ihr Becken und fickte ihn so minutenlang in den Mund. Nino nahm Estefanias angeschwollenen Kitzler zwischen seine Lippen und saugte daran. Estefanias Geschlecht pulsierte rhythmisch unter dieser Liebkosung, und mit einem lauten Schrei kam sie in Ninos Mund. Heftig keuchend stieß Estefania ihn zurück, sein Mund, sein Kinn und seine Brust waren mit ihrem Saft bedeckt. Sein Schwanz war so prall, dass es keiner großen Stimulierung mehr bedurfte. Immer noch außer Atem befahl sie Nino, sich wieder über den Sattel zu beugen und sich selbst einen herunterzuholen. Voller Lust bewegte er seine rechte Hand über den Schaft, streifte nur kurz die Eichel und spritzte stöhnend sein heißes Sperma auf Simones Sattel vor ihm.

Mit einem schnellen Handgriff warf Estefania Nino ein altes Handtuch zu, das in ihrem Spind lag.

»Beseitige diese Sauerei! Wir wollen doch nicht, dass Simone merkt, dass du ihren schönen Sattel beschmutzt hast.« Nino gehorchte und wischte die Spuren seiner Lust vom Leder. Auf Estefanias Anweisung hin polierte er den Sattel danach so lange, bis seine Herrin endlich zufrieden war. Erst dann gestattete sie Nino, sich wieder anderen Dingen zuzuwenden. Ihre Reitstiefel mussten beispielsweise dringend sauber geleckt werden.

Am nächsten Tag wunderte sich Simone, warum ihr Sattel glänzte wie ein Stück Speck. Sie hatte ihn schon lange nicht mehr eingefettet, und doch sah er donnerstags immer ganz besonders gepflegt aus. Und er roch so gut! Irgendwie erinnerte sie der Geruch an Nino, aber sie konnte sich nicht erklären, weshalb.

Im Rausch der Sinne

Zwei lange Monate hatte Linda auf die Nacht gewartet, in der die lesbische Play-Party stattfinden sollte. Sie hatte von der Veranstaltung in einem Szenemagazin gelesen und sofort hingehen wollen. Zügelloser Sex mit fremden Frauen – das war die Verwirklichung ihrer geheimsten Phantasien. Deswegen würde sie auch ganz alleine dort hingehen. Aber schon die Auswahl ihres Outfits war schwierig. Es gab natürlich einen Dresscode: möglichst sexy. Sie entschied sich schließlich für einen BH aus schwarzem Leder, eine sehr kurze Jeans-Shorts, die ihren Knackarsch betonte, und für ihre schwarzen Armeestiefel. Zusammen mit ihrer raspelkurzen Frisur und ihrem zierlichen Körper ließ einen diese Aufmachung sofort an die Worte »zart« und »hart« denken. Genau die Nuancen, die sie in dieser Nacht erleben wollte.

Die Party stand diesmal unter dem Motto »Im Rausch der Sinne« und fand in einem uralten Kellergewölbe statt. Die Türsteherin ließ sie mit wohlwollendem Nicken passieren und sah ihr sehnsüchtig nach.

Zuerst setzte Linda sich an die Bar und nahm einen Drink. Neugierig musterte sie das Publikum. Einige Frauen waren sehr schön, aber auch die durchschnittlich aussehenden Frauen wirkten durch ihre Entschlossenheit verführerisch auf Linda. Von der Bar gingen verschiedene andere Räume ab. Über dem Eingang stand jeweils ein eigenes Motto: »Sehen«, »Riechen & Schmecken«, »Hören« und »Fühlen«. Linda entschied sich, alle Räume nacheinander zu erkunden. Mit klopfendem Herzen betrat sie den Raum »Sehen«. Sie schob den roten Samtvorhang beiseite und stand vor zwei Drehtüren. Auf der einen war ein Schild mit dem Wort »passiv« angebracht, auf der anderen stand »aktiv«. Linda zögerte. Hinter ihr drängelten weitere Frauen herein und benutzten lachend die »Passiv«-Tür. Linda folgte den Frauen in einen langen Gang, der um eine Ecke bog und in eine schummrig beleuchtete Grotte mündete, die mit wunderschönen sinnlichen Lustlagern ausgestattet war. Man sah eine Bühne, auf der gerade zwei Frauen in Latex eine Gefesselte auspeitschten. Linda liebte es, zuzusehen, und ließ sich nieder. An den Wänden hingen große Flachbildschirme, auf denen amerikanische Lesbenpornos flimmerten. Auf den Liebeslagern wurde ebenfalls heftig geknutscht und gefummelt. Die Latex-Ladys auf der Bühne ließen abwechselnd ihre neunschwänzigen Peitschen auf den bereits kirschroten Po ihres stöhnenden Opfers knallen. Als sie davon genug hatten, schnallte die Kleinere der beiden Frauen der Größeren einen schwarzen Dildo um und kniete sich vor sie. Sie fing an, mit langsamen, lasziven Bewegungen den Silikonschwanz zu blasen. Dann ließ die Kleinere von dem Riesenteil ab, kniete sich vor die Gefesselte und leckte sie, während die Große so von hinten in die Gefesselte mit dem Dildo eindrang, dass das Publikum möglichst viel sehen konnte. Mit langsamen Bewegungen glitt der Kunstpenis in die nasse Muschi der Gefesselten. Es hatte etwas Hypnotisches an sich, und Linda konnte den Blick einfach nicht abwenden, bis die beiden Ladys ihr Tempo so steigerten, dass die Gefesselte laut stöhnend zum Höhepunkt kam. Die Zuschauerinnen applaudierten begeistert. Auch Linda war zufrieden, sie begann feucht zu werden. Trotzdem wechselte sie den Raum und ging zu »Riechen & Schmecken«. Diesmal nahm sie den Eingang der Aktiven. Eine Reihe von Betten beherrschte den Raum, auf denen sich Frauen völlig nackt oder nur mit nacktem Unterleib räkelten. Vor ihnen knieten die aktiven Frauen und leckten die ihnen dargebotenen Pussys. Linda schritt langsam die Reihe ab und sah erst einmal nur zu. Sie wurde immer geiler und hoffte, dass sich bald auch ihr eine Fremde anbieten würde. Am Ende der Bettenreihe legte sich gerade eine verdammt sexy aussehende Frau mit langen blonden Haaren und herrlich rasierter Scham auf ein Bett. Linda stürzte sich ohne Umschweife auf sie. Sie spreizte der Fremden die Beine auseinander und leckte erst ganz zart ihren Venushügel, bevor sie mit ihrer gierigen Zunge die großen

Lippen teilte und die Frau mit ihrer Zunge fickte. Die Blonde stieß ihr Becken rhythmisch gegen Lindas Gesicht und ihren Mund. Linda grub sich immer tiefer in diese heiße, feuchte Höhle der Lust, genoss jeden Zungenschlag und den herrlich schmeckenden Honig ihrer Gespielin. Sie hätte noch Stunden weitermachen können, doch die Blonde kam sehr bald zum Orgasmus und bäumte sich lustvoll stöhnend auf. Linda bedauerte, dass es so schnell ging, und tröstete sich damit, dass die Nacht noch lange nicht zu Ende war. Sie wollte sich schon davonstehlen, als die Blonde sie zurückhielt.

»Wie wäre es mit einer Revanche?«, fragte sie lächelnd.

»Gerne. Aber nicht hier«, sagte Linda bestimmt.

»Gut, dann später bei ›Fühlen‹, ich werde dort sein.«

Linda nickte vage. Sie hatte eigentlich keine Lust, an eine andere Frau gebunden zu sein. Aber gleichzeitig war sie neugierig, was die Blonde ihr bieten würde.

Linda trollte sich und probierte als Nächstes »Hören« aus. Hinter der Tür verbarg sich ein Gang, der kunstvoll an allen anderen Räumlichkeiten vorbeiführte und in dem man wunderbar den Lustschreien und dem Stöhnen der anderen zuhören konnte. Amüsiert lauschte Linda an einigen Stellen etwas intensiver, brachte diese Station jedoch recht zügig hinter sich. Sie wurde immer geiler und wollte endlich selbst vernascht werden.

So führte ihr Weg sie zu »Fühlen«. Sie nahm den »Passiv«-Eingang und war gespannt, was nun geschehen würde. Zwei halbnackte Frauen mit gepiercten Nippeln und Tattoos auf den Oberarmen nahmen sie in Empfang, legten ihr kommentarlos Fesseln an und banden sie an der Wand fest. Dies war der »Sklavenmarkt«, wo sich die aktiven Frauen ihre Opfer aussuchten. Linda stellte fest, dass sie es sehr erregend fand, hilflos auf ihre Retterin zu warten und in der Zwischenzeit von fremden Frauen angeglotzt und begrapscht zu werden. Eine Gruppe von drei Frauen scharte sich um sie und unterhielt sich laut über ihre Vorzüge. Dann drückten sie Linda zu dritt an die Wand, spreizten ihr die Beine und begutachteten lachend den großen nassen Fleck zwischen ihren Schenkeln. Lindas Körper prickelte vor Vorfreude. Sie sehnte sich nach Mündern und Händen, die sie verwöhnten und hart anpackten. Aber die Frauen machten sich einen Spaß daraus, sie zu verhöhnen. Linda bettelte sie an, sie mitzunehmen und zu erlösen, doch sie zogen weiter und ließen Linda in ihren Fesseln zurück.

Da stand die Blonde plötzlich vor ihr. Sie beugte sich zu Linda und küsste sie leidenschaftlich. Linda drängte sich gegen sie und erwiderte den Kuss. »Nimm mich mit!«, wimmerte sie der Blonden ins Ohr, als diese ihren Mund wieder freigab. Sie machte Linda los, nahm sie an der Hand und führte sie in ein Separée. Dort warteten die drei Frauen und grinsten sie an. Die Blonde zog Linda sehr langsam und zärtlich aus. Auch im Separée waren an der Wand Ringe angebracht. Dort band die Blonde Linda fest, in einer Position, die an eine Kreuzigung erinnerte. Die vier umringten sie, streichelten sie am ganzen Körper und hauchten ihr Küsse auf die vor Verlangen brennende Haut. Linda stöhnte und wand sich unter ihren Zärtlichkeiten. Danach wurde sie mit dem Gesicht zur Wand gedreht und ausgepeitscht, bis ihre Haut endgültig in Flammen stand. Linda schrie und stöhnte hemmungslos. Sie wusste, wenn sie ihr auf die Pussy schlugen, würde sie augenblicklich kommen. Das geschah jedoch zu ihrem Bedauern nicht. Stattdessen wurde sie wieder umgedreht und musste nun tatenlos mit ansehen, wie die vier sich miteinander vergnügten. Zwei legten sich auf den Boden und machten 69, während die beiden anderen, darunter die Blonde, sich direkt vor Linda niederließen. Die Blonde umarmte ihre Partnerin zärtlich von hinten und ließ sie ihre Beine spreizen. Linda konnte den Blick nicht abwenden. Das war genau das, was die Blonde wollte. Sie öffnete der anderen die Schamlippen, zog einen Vibrator hervor und verwöhnte die andere genüsslich damit, während sie Linda nicht aus den Augen ließ. Dann glitt sie mit dem Vibrator tief in die Lustgrotte ihrer Partnerin, die immer lauter stöhnte. Nach kurzer Zeit zog die Blonde den Vibrator heraus und befahl der anderen, sich hinzuknien. Als das geschehen war, schob sie ihr den nassen Vibrator langsam, aber bestimmt in den Anus. Die Frau fing an zu zittern, sie schrie und stöhnte, als sie kurz darauf heftig kam. Dieser herrliche Anblick machte Linda so geil, dass ihr der Saft die Schenkel hinablief. Sie riss an ihren Fesseln und bettelte um Beachtung. Die Blonde stand lächelnd auf. Aufreizend langsam ging sie zu Linda. Sachte streichelte sie ihre nassen Schenkel. Linda erzitterte bei dieser leichten Berührung. Die Blonde leckte genüsslich an ihrem Finger, der voll von Lindas Saft war, und lächelte sie an. Dann wandte sie sich an ihre Begleiterinnen und nickte ihnen auffordernd zu. Endlich kümmerte sich eine um Lindas hungrigen Mund und schob eine Zunge hinein. Die Zweite knetete ihre Brüste und saugte zärtlich an ihren vor Geilheit schmerzenden Nippeln, die Dritte schob ihr einen Dildo in die Muschi und fickte sie damit, und die Letzte – die Blonde – leckte sie hingebungsvoll. Es dauerte nicht lange, und die Flut der unterschiedlichsten Sinneseindrücke ließ Linda zuckend und stöhnend ihren ersten Höhepunkt erleben. Dieser sollte jedoch nicht der letzte gewesen sein, denn das Damen-Quartett widmete sich Linda in dieser Nacht so lange und intensiv, bis sie für einen weiteren Orgasmus zu geschwächt war. Und das hatte bisher noch keine ihrer Liebhaberinnen geschafft.

Das schöne Gefühl, glücklich zu sein

Sie lag auf dem Bauch und hatte die Augen geschlossen.

Ihr schöner Rücken lag frei auf der Bettdecke. Sonnengebräunte Haut, feine Punkte von Sommersprossen und zarte Muskeln, die sich bei jeder leichten Bewegung in neue zarte Schattenbahnen legten. Ihre einzelnen Wirbel zeichneten die Spur des Rückgrats ab und endeten in der unnachahmlich erotischen Lendengegend, die meiner Meinung nach die wunderbarsten zwei Punkte des weiblichen Körpers beherbergt, jene beiden leichten Vertiefungen, die links und rechts oberhalb des Beckenknochens liegen und die eine äußerst intensive Vorahnung geben, dass dieser Körper (und die dazugehörige Frau natürlich) eine Menge Sünden wert sind.

Ich ließ meine Hände genau diesen Weg entlangfahren, von den Schultern entlang der Wirbel, bis meine Finger in den kleinen Kuhlen lagen und dort nicht mehr wegwollten.

Ich näherte mich ganz vorsichtig dieser wunderbaren Zone ihres Körpers und hauchte ihr einen Kuss auf die Haut. Feine Härchen stellten sich auf, die Wölbungen ihres herrlichen Hinterns zuckten kurz zusammen und neigten sich dann wieder ganz leicht ihrer weiblich geformten Ausgangslage zu.

Ihr Po sah aus wie die beiden Teile einer reifen aber festen Pflaume, wie ein saftiges Stück Obst, das nur darauf wartet, von hungrigen Händen zerteilt und genussvoll verzehrt zu werden. Die glatte Haut gab auf meinen Druck hin nach, und ich schob sie noch ein wenig mehr auseinander, um meine Zunge auf die viel zu selten und oftmals unterschätzte Öffnung zu legen.

Ich glitt ein wenig zur Seite mit dem Kopf, um zugleich mit meinen Lippen links und zwei Fingern rechts an den Innenseiten ihrer Schenkel entlanggleiten zu können. Sie roch so gut! Nach Vanille oder Holunder, irgend so ein Aroma jedenfalls, das Männer beim ersten Geruchsmolekül schon vollkommen willenlos macht. Aus jeder Pore ihrer Haut an Ober- und Unterschenkeln, aus jedem feinen Strang ihrer klar sichtbaren Muskelfasern, nahm ich diesen Geruch in mich auf, küsste und streichelte sie, denn was blieb mir anderes übrig, als diesen Genuss besinnungslos zu genießen.

Als meine beiden Finger ihre Fersen erreichten, richtete sie sich plötzlich auf, kam auf den Knien gebeugt immer näher an mich heran, so dass ihre fast ganz freirasierte Scham direkt vor meinem seitwärts geneigten Gesicht zum Stillstand kam. Die lang gezogene Vertiefung ihres Hinterns führte sich in ihrer Vagina fort und verschwand dann irgendwo in den geheimen Tiefen ihres Geschlechts. Die wangenroten Schamlippen waren leicht angespannt durch die ungewohnte Haltung, doch ihre Klitoris thronte majestätisch am oberen Ende.

Sie erschien mir wie die Flamme einer Kerze, die den glühenden Kopf eines Wärme und Licht spendenden Mediums bildet. Unten etwas breiter, dann aber zart spitz zulaufend, verletzlich und doch so voller Kraft. Ich berührte sie dort, um meinen Finger ertasten zu lassen, was meine Augen nur vage erkennen konnten: die feuchte Wärme des erregten Kitzlers. Der schmale Haarstreifen oberhalb lag fast unsichtbar auf ihrem Venushügel. Doch meine Hand ertastete die feinen Härchen, die zu einem akkuraten kleinen Webteppich der Scham angelegt waren. Mein Daumen war in ihrer Vagina verschwunden, drückte und massierte sie so gut er konnte, während der Rest meiner Hand ihre große Perle umspielte. Während dieser ganzen lustvollen Aktion leckte meine gierige Zunge wieder und wieder über ihren Po, der sich im Takt des Unterleibs mitbewegte. Was hielt mich jetzt nur davon ab, sofort und stürmisch in sie einzudringen?! Ach ja, die heutige Spielregel: alle Hilfsmittel, alle Sinne, aber ohne direkten Verkehr! So erhielten wir uns immer wieder die Überraschung an den Reizen des Neuen bei unseren Ausflügen in das Reich der Sexualität.

Jetzt kam mein erstes persönliches Mitbringsel des Tages zum Einsatz: Bodyfluid!

Ein anregendes Massage- und Körpergel, das zur

Massage und auch als Gleitmittel diente. Ich benetzte ihren Hintern und die Schenkelinnenseiten mit der angenehmen Lotion, um mit großen kreisenden Bewegungen ihren ganzen Unterleib in eine warme, wollüstig-weiche Körperwelt zu verwandeln. Sie presste in schnellen Stößen wieder und wieder ihren Atem heraus, begleitet von anfeuernden und begeisterten JAAA'S und OOHHH'S, die ich so noch selten gehört hatte. Und die beste Überraschung sollte ja erst noch kommen. Jetzt, da jede Faser ihres Unterleibs hungrig nach mehr Berührung, durstig nach mehr Erfüllung war, ließ ich sie kurz los, um »Sally Sea« unter dem Bett hervorzuholen.

Das weiche Silikon mit leicht angerauter, aber sehr hygienischer und angenehmer Oberfläche stellte zwei verschiedene Stimulatoren dar. Zum einen den »Twister«, ein kegelförmiges Objekt, in dessen Innerem eine drehende Kugelmechanik eingelassen war, die je nach frei wählbarer Intensität mehr oder weniger starke Rotationen in der Vagina vollführte. Der andere Strang war ein etwas kürzerer, leicht aufwärts führender Seehundkopf, der mit dauerhaft freundlichem Lächeln und ebenso ewiger Unermüdlichkeit vibrierende Klitoris-Stimulationen ausführen sollte. Was für ein kluges und ästhetisches Objekt hatte ich da nur erstanden!

Die Neugier meiner Gespielin stieg, als ich ihr die schöne Figur zunächst ohne Motorenbewegung einführte. Und dann schaltete ich die beiden Helferlein auf langsamen Betrieb ein, um nicht direkt die ganze

Freude auf einmal losgehen zu lassen. Sie stöhnte unerwartet laut auf, sank seitwärts auf den Rücken und starrte erst mich und dann das magische Wunderteil zwischen ihren Beinen an. Auch mich erregte es ungemein, sie dermaßen abgehen zu lassen. Ihre kleinen festen Brüste ragten senkrecht zur Zimmerdecke auf, die dunklen Warzenhöfe streckten ebenfalls ihre vielen feinen Erhebungen nach oben so gut sie konnten, ihre Zunge wanderte von Mundwinkel zu Mundwinkel und benetzte dabei ihre vollen Lippen, bis plötzlich ihre Hand die meine umschloss, doch nur, um sie wegzuschieben und selbst die Kontrolle übernehmen zu können. Somit war ich nun vollends aus ihrer Umklammerung befreit und konnte meinen Penis in Richtung ihrer freien Hand bewegen, denn so langsam wollte ich nicht mehr nur befriedigen, sondern auch mal befriedigt werden. Sie begann sofort, mich zu massieren und sich selbst währenddessen weiter und weiter dem Höhenflug hinzugeben. Noch immer roch ihr Körper nach Bodyfluid, und meiner mittlerweile auch. Die Massage meines harten Penis gelang ihr ausgesprochen gut, denn sie wusste, wie sie es mir zu besorgen hatte. Das Drehen und Vibrieren in ihrer heißen Vagina hatte sie nun beinahe auf höchste Stufe eingestellt, denn ich sah ihren Augen an, wie kurz sie vor einem ihrer wilden Orgasmen stand. Ihre zarte Hand an meinem Penis griff fester und fester zu, rieb und streichelte ungehemmt weiter, als mit einem Mal mein Sperma in ihr Gesicht schoss. Sie kam einige Augenblicke später mit einem fast kreischenden Lustschrei, und während ich noch dabei war, mich den letzten Nachzuckungen meiner Ejakulation hinzugeben und sie und mich halbwegs vom Sperma zu säubern, ging ihr direkt noch einmal der Blitz eines Höhepunktes durch den Körper!

So hatte ich sie noch nie erlebt, denn normal dauerte es eine ganze Weile, bis sie sich zu einem weiteren Orgasmus reizen ließ. Der Vibrator jedoch schien ihrem Lustzentrum zu passen, als wäre er geradewegs dafür geschaffen worden.

Wir hatten mal wieder beide genau das bekommen, was uns vor Jahren schon zu diesen gemeinsamen Momenten zusammengebracht hatte: intensive Nähe, erotisches Kribbeln, ungewohnte Erfahrungen und nicht zuletzt: unglaublich guter Sex!

Sie ließ das neue Spielzeug noch eine ganze Weile in ihr wirken, während ich zufrieden und glücklich neben ihr lag und den Anblick genoss. Strähnen ihrer wilden dunklen Locken hatten sich auf ihrem Gesicht abgelegt und verdeckten teilweise ihre tiefblauen Augen, die sie nur leicht geöffnet hatte. Ich bewunderte die nahezu perfekten Rundungen ihrer Wangen, deren einziges Ziel es zu sein schien, alle Aufmerksamkeit des Betrachters punktgenau in Richtung ihres weichen Mundes zu lenken. Die obere Zahnreihe hatte sich an ihrer Unterlippe festgebissen, so dass die gesunde Röte einer stellenweise blassen Anspannung wich. Sie lag noch immer im wohligen Schauer der vergangenen Freuden, und sie dort wegzureißen wäre sicherlich die achte Todsünde gewesen.

Also glitt ich behutsam aus dem Bett, suchte meine Klamotten zusammen und zog mich rasch an. Schnelle Küsse legte ich auf ihren Brüsten, dem Mund und ihrer Stirn ab, hauchte ihr noch eine Verabschiedung ins Ohr und verschwand Richtung Tür.

Ich wusste, dass wir glücklich waren und nichts und niemand uns etwas anhaben konnte. Das war noch beruhigender als das plötzlich wieder einsetzende majestätische Brummen des zurückgelassenen kleinen Helfers. Die Freude auf das nächste Mal zauberte mir ein Lächeln aufs Gesicht, und ich ging hinaus in den jungen Morgen, mit dem Gefühl, glücklich zu sein.

Strandspaziergang

Schreibblockaden hatte ich schon öfter mal gehabt, doch an diesem verflixten Sonntagabend wollte einfach gar nichts mehr gehen. Ich konnte nicht genau sagen, woran es lag. Vielleicht, weil ich jetzt schon seit ein paar Wochen allein lebte. Meine Freundin hatte mich wegen der vielen Arbeit verlassen, obwohl sie mich genauso kennengelernt hatte – als Drehbuchautor für eine kleine, aber erfolgreiche Erotikfilmagentur. Anfangs hatte sie das ganz spannend und antörnend gefunden, doch als sie merkte, dass hinter dem auf dem Bildschirm doch locker wirkenden Film auch eine Menge Arbeit steckte, an der ich maßgeblich beteiligt war, suchte sie das Weite. Die Kleine fehlte mir in der Tat, oder zumindest der regelmäßige und heiße Sex, denn im Bett war sie einfach eine Granate gewesen, und wenn ich mich selbst versorgte, galten meine Gedanken immer noch meistens ihr. Dieser kleine, braune, leckere Körper gepaart mit dem Feuer, das Latinas eben so an sich haben … Gefühle hin oder her, ich bin eben auch nur ein Mann, und der Sex war einmalig! Ich merkte, wie sich schon wieder mein Schwanz in der Hose zu regen begann, nur beim bloßen Gedanken an ihre vollen Lippen, wenn sie mir immer schön einen blies, noch bevor die eigentliche Show begann. Puh, die hohe Temperatur an diesem frühsommerlichen Abend trug zu der aufgestauten Hitze in meinem Körper nur noch mehr bei. Für einen Tag im Mai war es erstaunlich warm, daher hatte ich beschlossen, mir am Strand etwas die Beine zu vertreten und mich von einer leichten Brise etwas abkühlen zu lassen. Ich hasste es, so unter Druck zu stehen, aber mein Boss hatte mir klipp und klar gesagt, dass das Skript in den nächsten Tagen fertiggestellt sein müsse, und so dachte ich fieberhaft über einen Einfall nach, über die zündende Idee, die mir einfach nicht kommen wollte. Plötzlich stutzte ich. Was war denn das? War schon so viel Sex in meinem Kopf angestaut, dass ich Stimmen hörte? Mir schien es, als ob ich ein Kichern vernommen hätte, aber im nächsten Moment war wieder alles ruhig. Einbildung? Das waren bestimmt immer noch die Nachwirkungen der Durststrecke. Nun gut, klar, selbst ist der Mann, aber ganz ohne weiblichen Part machte es doch in den meisten Fällen eher weniger Spaß. Ich wollte endlich wieder etwas echtes, wollte Schweiß, wollte Stöhnen, wilde Schreie, wollte Fingernägel, die mir den Rücken zerkratzten. Warum war dieses kleine Luder nur nicht aus meinem Kopf zu bekommen? Immer wieder kamen mir Bilder in den Sinn, wie sie auf mir sitzend ihren Rücken nach hinten durchbog, ihre Hände in den langen, dunklen Locken vergraben, die Augen geschlossen, die Lippen leicht geöffnet, und ihre Brüste wippten im Takt, in dem ich in sie hineinstieß. Das waren noch Zeiten. Und über diese geilen Gedanken hinweg vernahm ich wieder ein Kichern und dann ein leises Flüstern: »Nein, Toni, nicht hier, das geht doch nicht!« »Ach, komm, Schatz, es ist doch keiner unterwegs, und wenn du nicht zu laut bist, wird es niemand bemerken.« Ich blickte mich um, wie immer hatte ich mich zum Nachdenken an meinen Lieblingsbaum gesetzt, der etwas abseits stand, und als ich durch den davorstehenden Strauch linste, sah ich ein Pärchen, etwa Mitte zwanzig, dass sich im Sand auf einer Decke niedergelassen hatte, sich küsste, umarmte, und wenn ich die Situation richtig interpretierte, kurz davor stand, *es* zu tun. Und zwar *hier*! Genau an dem Fleckchen, wo ich doch nur in Ruhe eine Idee finden wollte. Das Mädchen hatte kurze blonde Haare und war nur mit einem sommerlichen Rock und einem weißen, schlichten Tanktop bekleidet, an dem sich ihr Freund allerdings schon zu schaffen machte. Offensichtlich war dies ein erster Versuch von Sex im Freien, denn sie blickte sich immer wieder um und kicherte nervös. Doch ihr Freund legte ihr eine Hand zärtlich an den Hinterkopf und gab ihr einen fordernd wirkenden, innigen Kuss, den sie willig erwiderte und der ihr ein wenig die Scheu zu nehmen schien. Denn nun griff auch sie unter sein lockeres Shirt und begann seine Brust zu streicheln. Erst dachte ich mir noch, wie nett und unschuldig die zwei doch wirkten, doch mit einer gekonnten Armbewegung holte er seine Kleine zu sich auf den Schoß und ließ auch sogleich seine Finger unter ihrem Rock verschwinden. Wahnsinn, und das alles vor meinen Augen! Ich konnte nicht mal unauffällig verschwinden, denn dann hätten sie mich auf jeden Fall gesehen, und außerdem machte mich diese Szene echt an. Sie war echt, nicht wie das, was nach meinen Vorgaben den ganzen Tag bei meiner Arbeit von Schauspielern dargestellt wurde, nein, das war das echte Leben, hier würde hoffentlich gleich richtig die Post abgehen, und ich fühlte mich fast schon zu dieser kleinen Privatparty eingeladen. Der Typ küsste nun ihre kleinen festen Brüste; zunächst noch durch das Top, und sogar aus dieser Entfernung konnte ich deutlich sehen, wie sich ihre Nippel aufstellten und sie leise und genussvoll aufstöhnte. »Meinst du echt, wir sollten …?«, versuchte sie noch unter seinen leidenschaftlichen Küssen hervorzupressen, aber da wuselten seine Hände schon oktopusartig unter dem Bekleidungsstück, und sie wollte offensichtlich nicht mehr reden, sondern nur noch geschehen lassen. Wow, während diesen ganzen Beobachtungen hatte ich gar nicht gemerkt, dass mein durch die Gedanken an meine Ex steifes Glied sich inzwischen zu einer Mörderlatte entwickelt hatte. Ich dachte mir, dass ich es verdient hätte, mit ein wenig optischer Stimulierung mal wieder so richtig ordentlich zu onanieren, holte ihn also einfach raus und ließ ihn durch meine Finger gleiten. Der Kerl am Strand war auch schon ganz heiß, und ich wunderte mich schon, wie man bei so einem scharfen Ding nicht sofort durchdrehen und loslegen konnte, aber endlich öffnete sie ihm seinen Stall und freute sich augenscheinlich ob der harten Männlichkeit, die ihr da entgegensprang. Sie erhob sich sogar kurz von seinem Schoß, um ihren Kopf zwischen seine Schenkel zu senken, und während sie anfing, genüsslich an seinem Stängel zu lutschen, stellte ich mir bei meinen Auf- und Abbewegungen vor, sie sei es, die mir mit ihren zarten Händen einen runterholte. Als ich wieder zu dem jungen Paar blickte, war sie gerade an der Reihe, und ich sah, wie ihr Freund seinen Kopf unter ihrem Röckchen versenkte und seine Zunge in einem scheinbar ganz guten Rhythmus in ihrer kleinen Auster bewegte, denn sie sah aus, als könne sie sich nur schwer mit dem Stöhnen zurückhalten. Meine Bewegungen wurden schneller, und ich dachte schon, ich würde im gleichen Moment meinen Saft verspritzen, aber ich wollte sehen, wie es bei den beiden weiterging und hielt mich noch etwas zurück. Das lohnte sich auch, denn schon tauchte er wieder auf, und an seinem steif nach oben gerichteten Penis konnte ich sehen, dass er ihn wohl endlich in den Hafen bringen wollte. Sie spreizte ihre Schenkel so weit, dass auch ich einen Teil ihrer Scham erhaschen konnte, dann drang er in sie ein. Ihre Beine lagen auf seinen Schultern, der Rock war bis zur Taille hochgeschoben, und obwohl es sich unglaublich anfühlen musste, blieben die beiden erstaunlich ruhig aus Angst, entdeckt zu werden. Ich konnte und wollte mich nun nicht mehr zurückhalten, wurde schneller in meinen Bewegungen, schloss die Augen und gab mich noch mal dem eben Gesehenen hin. Dann endlich ließ ich es zu, mich gewaltig zu ergießen, es spritzte aus mir raus auf den weichen, warmen Sand, und ich unterdrückte einen lustvollen Schrei. Puh, was für eine Vorstellung. Mein Hemd klebte an meinem Körper. Ja, manchmal ist es echt netter, Sex mit einem Partner zu praktizieren, aber dann und wann reiche ich mir allein auch. Die Blockade war zumindest gelöst, und ich schlich mich leise davon, um ausgeglichen an meinem Drehbuch zu schreiben. Mir war so, als ob ich jetzt eine Idee für das nächste Filmchen hätte.

Buchungsfehler

Wir landeten in München. Endlich! Ich konnte es nicht erwarten, nach meinem Zwölf-Stunden-Tag in dem Hotel anzukommen, das die Airline für unsere Crew gebucht hatte. Ich freute mich wahnsinnig auf ein Bad, denn dabei konnte ich immer den ganzen Stress des Tages vergessen.

Ich liebte meinen Beruf als Stewardess sehr, weil ich den Kontakt zu den verschiedenen Menschen genoss, aber nach einem langen Tag musste ich einfach ein paar Stunden für mich alleine sein. In Ruhe mit einem Glas Sekt und bei Kerzenschein, eine gestohlene Stunde im heißen Wasser, das war es, was ich jetzt brauchte.

Ein Taxi brachte mich und meine drei Kolleginnen vom Flughafen zum Hotel.

An der Rezeption empfing uns eine nette Dame mit einem freundlichen Lächeln. Ein Blick auf unsere Uniformen, ein kurzes Nicken, und sie begann sofort, den Computer nach den Reservierungen durchzusehen. Mit einem angestrengten Blick auf ihren Monitor sagte sie: »Es tut mir leid! Ich weiß, dass Ihr Office immer Einzelzimmer für Sie bucht, aber irgendetwas ist leider schiefgegangen, Sie sind heute für zwei Doppelzimmer eingetragen. Ich kann es nicht einmal umbuchen, da wir komplett ausgebucht sind. Es tut mir wirklich furchtbar leid!« Ich spürte, wie mir das Lächeln gefror. Es war viel zu spät, um jetzt noch das Hotel zu wechseln, und ich war auch viel zu müde dazu. Mein Gedanke an die gemütliche Stunde in der Badewanne zerplatzte wie eine Seifenblase. Ein Blick zu meiner Kollegin Nina verriet mir, dass sie nicht anders dachte. Ich sah sie an, sie zuckte nur mit den Schultern und lächelte freundlich.

Also gut, dachte ich mir. Wir nahmen den Zimmerschlüssel und unsere Koffer und gingen hinauf.

Das Zimmer hatte ich bereits zweimal alleine bezogen. Ich mochte es, denn es war für ein Hotelzimmer sehr groß. Wir legten unsere Sachen ab und ließen uns erst einmal auf das Bett fallen. Nina war genauso k. o. wie ich. Dann dachte ich, dass ich mir doch eigentlich trotzdem meine Auszeit in der Badewanne nehmen könnte, es sei denn Nina hatte genau dasselbe vor. Also fragte ich sie: »Nina, ich würde total gerne ein Bad nehmen und mich für eine Stunde zurückziehen, hast du etwas dagegen?« Nina meinte nur, sie wolle später duschen, ich könne mir ruhig Zeit nehmen. Perfekt! Ich kramte aus meinem Koffer meine Kosmetiktasche hervor und zog mich dann bis auf meine Unterwäsche aus. Es war Sommer, meine Haut war leicht braun, was durch meine weiße Spitzenwäsche noch unterstrichen wurde. Es machte mir überhaupt nichts aus, dass Nina auf dem Bett saß und mir dabei zusah. Vor Nina war das kein Problem, ich kannte sie schon lange, wir verstanden uns gut.

Ich huschte ins Bad und lehnte die Tür nur an. Während das Wasser in die Badewanne floss, nutzte ich die Zeit, um mich abzuschminken und meine Haare zu kämmen, dann zog ich mich aus und stieg in die halbvolle Badewanne.

Ich liebe es, wenn das heiße Wasser langsam immer höher steigt. Mein Po liegt dann im warmen Wasser, während meine Brüste noch an der kalten Luft sind. Meine Nippel werden dann ganz hart und ragen spitz nach vorne. Allein dieses Gefühl ist mir an manchen Tagen schon ein heißes Bad wert.

Die Anstrengung des ganzen Tages fiel von mir ab. Das Wasser umspülte meinen erschöpften Körper, schwappte über meine Beine und liebkoste meine Scham. Hmm, ich genoss dieses Gefühl. Warm und weich und … ich merkte, wie auf einmal Erregung in mir hochstieg. Das war es, was ich heute noch brauchte! Oh ja, ich hatte wahnsinnige Lust, es mir hier und jetzt in der Badewanne zu besorgen. Ich nahm die Brause vom Haken und schaltete den Wasserzulauf auf den Duschkopf um.

Langsam spreizte ich meine Beine und führte die Handbrause zu meiner Höhle. Die Wasserstrahlen trafen auf meine Schamlippen, und mich durchzuckte es heiß. Oh Gott, wie ich dieses Gefühl liebte.

Dann richtete ich das Wasser direkt auf meine bereits geschwollene Kirsche. Der sprudelnde Wasserstrahl besorgte es mir richtig gut, denn ich merkte, dass sich langsam alles in mir anspannte und sich bereits ein heftiger Orgasmus ankündigte.

In mir zog es sich mehr und mehr zusammen, und ich war kurz davor zu explodieren, als mein Blick durch Zufall in den großen Spiegel über dem Waschbecken fiel; Nina stand in der Tür und sah mich an! In dem Moment, als es mir kam und meine Muschi sich in einem heftigen Zucken entlud, trafen sich unsere Blicke im Spiegel. Sie starrte mich die ganze Zeit an, bis mein Zucken nachließ – dann war sie nicht mehr zu sehen.

Ich drehte das Wasser ab und blieb noch einen Moment liegen. Ich zitterte, und ich war unsicher. Nina hatte mir beim Masturbieren zugesehen, was würde sie wohl denken? Ich dachte an ihren Gesichtsausdruck, den ich deutlich im Spiegel hatte sehen können. Sie war nicht erschrocken – eigentlich war ich mir ganz sicher: Nina war erregt. Diese Vorstellung ließ mich noch mehr zittern.

Ich war mir nicht ganz sicher, wie ich ihr jetzt gleich begegnen sollte. Sollte ich sie ansprechen und mit ihr darüber reden, oder sollte ich so tun, als ob nichts gewesen wäre?

Ich wollte mit ihr sprechen und stieg aus der Wanne. Ich trocknete mich ab, und während ich mir ein paar Satzanfänge überlegte, schlüpfte ich in frische Unterwäsche. Dann ging ich hinaus.

Nina saß auf dem Bett und sah mich an. Ihr Blick

flimmerte irgendwie … so hatte ich sie noch nie gesehen; ich erwiderte ihren Blick und merkte, wie mein Herz plötzlich heftig zu klopfen anfing.

Die Situation erregte mich enorm. Ich hatte noch nie irgendetwas mit einer Frau gehabt, und ich wusste, dass Nina glücklich verheiratet war, und doch hatten wir gerade irgendwie Sex zusammen – auch wenn sie mir nur heimlich dabei zugesehen hatte.

Dieser Gedanke turnte mich ungemein an.

Ich hatte noch nicht zu Ende gedacht, als Nina sich erhob und mit einem einzigen Schritt vor mir stand. Sie war mir so nahe, dass ich durch ihre Bluse ihre Brüste an meinen spüren konnte. Ihr Gesicht war ganz nah vor meinem; sie war so schön. Ihre Lippen waren weich und voll, und ihr warmer Atem strich über meine Haut. Sie atmete tief, und ich war sicher, dass sie diese ganze Situation nicht minder erregte. Wir sahen uns in die Augen, als ich ihre Lippen auf meinen spürte. Nina öffnete sie leicht, und ihre Zungenspitze suchte sanft nach meiner. Als sie sich trafen, durchfuhr mich ein heißer Schauer. Ich nahm Ninas Gesicht in meine Hände und küsste sie wild. Ich leckte über ihre Lippen, öffnete meine für ihre Zunge, und sie drang tief in meinen Mund ein. Sie stieß so wild in mich hinein, dass es sich anfühlte, als würde sie mich mit ihrer Zunge ficken. Dabei fuhren ihre Hände über meinen Rücken.

Nina öffnete meinen BH und streichelte erregt meine Brüste. Dann löste sie sich aus unserem Kuss und trat einen Schritt zurück. »Du bist so schön!« Sie sah mich von oben bis unten an. Dann kam sie wieder näher und streifte meinen Slip herunter. Nackt stand ich vor ihr. Ninas Blick blieb an meinem Dreieck hängen, als sie tief einatmete.

Es erregte mich, völlig nackt vor ihr zu stehen, während sie noch ganz bekleidet war. Selbst ihre Schuhe hatte sie noch an.

Nina sagte: »Komm, leg dich aufs Bett!«, und wie benommen folgte ich ihren Worten. Ich legte mich auf die kühle Bettwäsche und schaute sie an. »Ich will wissen, wie eine Frau schmeckt!«, sagte sie leise mit gepresster Stimme. Bei dem Gedanken daran schoss mir mein Blut durch alle Poren. Vor Erregung bäumte ich mich auf und spreizte meine Beine. Ich konnte ihr ansehen, dass sie diesen Anblick genoss. Nina schaute direkt in meine Spalte, und ich spürte, wie mein Saft über den Po herunter auf die Decke lief. Nina streckte ihre Hand aus, nahm etwas davon mit einem Finger auf, sah mich an und leckte mit ihrer Zunge den Saft von ihrem Finger. Ich hielt es kaum noch aus, ich wollte sie spüren – irgendetwas von ihr in meiner tropfnassen Fotze! Alles, was ich herausbrachte, war ein »Bitte! – Bitte leck mich!«. Sie ließ mich noch einen Moment zappeln, genoss den Anblick meiner Geilheit, dann beugte sie sich herunter und steckte ihren Kopf zwischen meine Beine. Als ihre Zunge über meine geschwollenen Lippen fuhr, stöhnte ich laut auf. Dann drang sie in mich ein. Sie steckte sie in mich hinein, so tief sie konnte. Zwischendurch zog sie ihre Zauberzunge immer wieder heraus, um weich über mein Paradies zu lecken. Sie leckte mich, als hätte sie noch nie etwas anderes getan – es fühlte sich so unglaublich gut an.

Als sie mit ihrer Zunge zu meiner Knospe fuhr und sie sanft umspielte, konnte ich ein zweites Mal an diesem Tag nicht mehr an mich halten. Dieses Mal jedoch kam es mir so heftig, dass sich meine Hände tief in ihre Haare gruben und ich so laut schrie, dass mir Nina, während sie mich leckte, ein Kissen auf den Mund drückte. Ich schrie und biss hinein. Mein Orgasmus war so mächtig, dass es mich noch minutenlang schüttelte, bis irgendwann die letzten Zuckungen langsam abebbten.

Nina kam hoch, legte sich auf mich und küsste mich. Ihr Mund, ihre Wangen, alles war total nass. Ich leckte ihr meine Milch von den Lippen und sah sie an.

Dann mussten wir beiden lachen …

Wir redeten noch eine Weile; später schliefen wir eng umschlungen ein.

Nina und ich fliegen oft zusammen. Jedes Mal, wenn wir uns begegnen, lächeln wir uns an.

Und wenn sich einmal eine ungestörte Minute ergibt, eine ruhige Ecke, dann ziehen wir uns kurz zurück …

Hotel »Alter Hof«

Die Schweiz ist ein neutrales Land. So neutral, dass es seinen Bürgern und Besuchern zwar eine Unmenge von Geboten und Regelungen auferlegt, gleichzeitig aber eine bunte Vielfalt von Kulturen und Künsten, Vorlieben und Neigungen duldet, ohne großes Aufsehen darum zu machen.

Zürich zum Beispiel ist ein wahrer Schmelztiegel der Nationen und Schauplatz menschlicher Verschiedenheit. Am schönen Zürisee gelegen, inmitten von Bergen und in unmittelbarer Nähe von Italien, Deutschland und Österreich. Die Menschen, die diese Stadt bevölkern, strahlen eine gewisse melancholische Zufriedenheit aus, so als ob sie alles hätten was man sich so wünschen kann, aber gerade dieser Zustand ihnen ein wenig Verdruss bereitet. Die Stadt ist hip, die Leute auch, man sieht überall junge dynamische Menschen in trendigen Klamotten, oder ältere gut situierte Herrschaften, die die Ruhe und den Reichtum des Alters ausstrahlen. Nationalitäten scheinen zu verschwimmen, jede zweite Frau sieht irgendwie italienisch, spanisch oder einfach gut aus, und fast alle Männer sind sportlich legere Teilzeit-

Models mit verwegenem Blick. Das ist wirklich so, und wer diese Stadt besucht, wird es selbst feststellen: Zürich ist »in«!

Natürlich ist das Leben da nicht gerade billig, und wer als Tourist dort ein paar Tage Urlaub verbringen will, der sollte sich schleunigst bei den Einheimischen nach den billigsten Supermärkten erkundigen und bloß nicht mit dem Taxi fahren, denn Essen, Trinken und Transport sind ungemein teuer.

Ihr fragt euch jetzt, warum ich das alles erzähle und nicht direkt zum »intimeren Teil« dieser Geschichte komme; nun ja, das kommt noch, nur keine Sorge. Doch ich möchte Neugier in euch erwecken, und dazu die Lust, auch mal dorthin zu fahren und womöglich das Gleiche zu erleben wie ich. Denn was mir widerfahren ist, das ist schon etwas sehr Ungewöhnliches und extrem Erregendes gewesen.

Mein Freund und ich – seinen und meinen Namen werde ich höflichst verschweigen, denn man weiß ja nie –, wir waren jedenfalls in Zürich angekommen, da die Stadt schon lange eines unserer Reiseziele sein sollte. Für uns war klar, dass wir neben den ganzen Sehenswürdigkeiten vor allem auch uns selbst neu entdecken wollten, denn unsere Beziehung war nicht mehr so ganz taufrisch und drohte gerade, ein wenig flau zu werden. Wir hatten uns ein nettes, halbwegs bezahlbares Hotel mit Blick auf den See gesucht, das uns die Touristen-Information empfohlen hatte, es war das Hotel »Alter Hof«. Mit rustikalen Zimmern, einem wunderbar zugewachsenen Hinterhof mit Tischen und Bänken direkt am See. Beim Einchecken begrüßte man uns freundlich und fragte, ob wir denn auch wegen der Züri-Love-Night da wären, so wie alle anderen Besucher. Wir sahen uns fragend an und verneinten, denn das sagte uns gerade mal gar nichts. Natürlich war mir aufgefallen, dass es im Speisesaal und an der Rezeption auffallend viele gutaussehende Männer und sexy Frauen gab, die nicht unbedingt prüde waren und ihre Reize ein wenig zeigten, doch das erweckte noch keinerlei Argwohn in mir. Warum auch nicht, dachte ich. Die Leute hier sind einfach lockerer. Also gingen wir auf unser Zimmer und ruhten uns erst mal aus. Doch das ging nicht wirklich so gut, weil aus dem Nebenraum lautes Gekicher und Gerede zu hören war, und es schienen nur Frauen zu sein. Daher beschloss ich schnell, mal eben rüberzugehen und um etwas angenehmere Lautstärke zu bitten. Ich klopfte an, und nach einer Weile trat ich ein, denn niemand hatte auf mein Klopfen reagiert. Und der Anblick, der sich mir dann bot, wird wohl mein Lebtag in mir »leibhaftig« sein, und das im wahrsten Sinne des Wortes. Vier junge attraktive Frauen lagen nackt auf dem großen Bett und waren dabei, sich gegenseitig mit den Fingern, der Zunge und auch mit Dildos und Vibratoren zu befriedigen! Sie lagen neben- und aufeinander, streichelten sich gegenseitig die Brüste, fuhren mit den Fingern aufgeregt kichernd die erregten Brüste ihrer Gefährtinnen entlang und stöhnten, jauchzten und lachten dabei wie

Zauberfeen nach Vollführung magischer Rituale. Sie schienen mich gar nicht bemerkt zu haben, oder zumindest nicht alle. Denn eine von ihnen, eine attraktive Brünette Mitte zwanzig sah plötzlich rüber zu mir und zwinkerte einladend. Ich war geschockt von all dem, stammelte etwas Unverständliches und schloss die Tür.

Auf dem Flur versuchte ich, meine Gedanken zu sammeln, merkte aber mit einem Mal, dass es mir nicht so recht gelang. Denn mir wurde plötzlich heiß. All die schönen Frauenkörper in lustvoller Ekstase, die Hemmungslosigkeit und die vielen Zungen, Finger und Spielzeuge ließen meine Lust mit einem Mal steigen. Ich fühlte, wie meine Scham warm und feucht wurde und mein Rücken von Gänsehaut überzogen wurde. Ich wollte Sex, hier und jetzt.

Ich stieß die Zimmertür auf und schob meinen überraschten Freund aufs Bett. Wortlos knöpfte ich sein Hemd auf, bedeckte ihn über und über mit Küssen und begann, seine Hose im Schritt zu streicheln. Es schien ihm zu gefallen, denn seine Erektion zeichnete sich spürbar ab und pulsierte gegen meinen Unterleib. Also knöpfte ich seine Hose auf und befreite seinen steifen Penis aus seinem engen Gefängnis. Sogleich umschloss ich seine Eichel mit dem Mund, und meine Finger rieben an ihm auf und ab. Er begann leise zu atmen und wurde immer heftiger, bis er irgendwann in ein lustvolles Stöhnen überging. Das gefiel wiederum mir, und ich beeilte mich damit, meinen Slip unterm Rock auszuziehen, um ihm das Eindringen in meine feuchte Scham zu erleichtern. Gerade als ich mich auf ihn setzen wollte, erschraken wir beide fast zu Tode.

Ein welliger, zartgrüner Silikon-Wurm mit lächelndem Gesicht brummte leise neben unserem Bett. Und er lag in der Hand der nackten Schönheit aus dem Nachbarraum. Sie sagte nur so etwas wie: »Das ist *Patchy Paul,* mein Lieblingsvibrator!«, und begann auch schon, ihn sich vor unseren Augen einzuführen. Scheinbar hatte sie unseren Akt im Nebenzimmer bemerkt und sich dazu entschlossen, sich von der Liebesorgie nebenan zu trennen und stattdessen den nachbarlichen Liebesakt aufzumischen. Und so waren wir zugleich geschockt und angeregt von der fremden Frau, die unseren intimen Moment zu ihrem eigenen machte. Der freundliche Helfer zwischen ihren Schenkeln schien ganze Arbeit zu leisten, denn sie hatte den Mund leicht geöffnet und ließ Laute der Lust vernehmen. Nun waren wir, mein Freund und ich, am Zug: Sollten wir abrupt und empört abbrechen oder uns dem gewagten Spiel mit der Unbekannten am fremden Ort hingeben?

Ich sah in die weit aufgerissenen Augen meines Partners unter mir und war sicher, nun genau das Richtige zu tun. Ich rollte mich zur Seite, nahm unserer Gespielin das schöne Teil aus den Händen und auch ihr Gel, das sie mitgebracht hatte. Denn mit diesem Toyfluid auf dem Würmchen schien alles noch viel, viel feuchter und intensiver zu sein. Ich führte den warmen Wonnebringer vor den Augen beider Zuschauer in mich ein, und es war absolut umwerfend! Ich wollte gar nicht mehr aufhören *Patchy Paul* zu genießen und überließ daher der fremden Schönheit den Platz auf meinem Freund. Der ließ es geschehen, und so vergnügten sich die beiden eine ganze Weile lang wild neben mir, bis ich den Wunsch verspürte, selbst mitzumachen. Denn *Patchy Paul* hatte mir einen der intensivsten Orgasmen bereitet, die ich je gehabt hatte, und so war ich zu weiteren Schandtaten bereit. Wir wechselten nun in eine Art Dreier-Reiterstellung, so dass ich von hinten genommen wurde und zugleich meine vorne kniende Mitstreiterin mit dem nimmermüden *Patchy Paul* beglücken konnte. In dem Moment, da sich das Sperma meines Freundes in meine Vagina ergoss, hatte auch die schöne Unbekannte ihren Höhepunkt erreicht. Somit stöhnten und keuchten wir um die Wette und kamen alle drei gleichzeitig. Wir verharrten eine Weile eng umschlungen auf dem Bett und kamen dann ins Gespräch über diese Züri-Love-Night.

Eine Nacht in mehr als 70 verschiedenen Locations, in der jeder mit jedem Sex haben und nackt durch die Straßen laufen durfte oder sonst wie seiner Lust frönen. Und ganz Zürich schaue dabei zu, die Leute seien erfreut über das Geschehen, weil das mal wieder den freiheitlichen und offenen Charakter der sonst so zugeknöpften Schweizer zeige.

Als sie uns verließ, um sich wieder dem »Warm-up« ihrer Zimmerkolleginnen anzuschließen, schenkte sie mir zum Abschied ihr Sex-Toy.

Mein Freund und ich wussten, wo und wie wir diese erste Nacht in Zürich verbringen würden, und den neuen kleinen Freund nahmen wir natürlich mit.

Seit diesem Tag im Hotel »Alter Hof« hat sich unser Sexleben um einige schöne Erfahrungen bereichert, und Zürich ist zu unserer Lieblingsstadt geworden. Wir sind glücklich und zufrieden miteinander, doch daran hatte ich eigentlich nicht eine Sekunde gezweifelt. Denn als mein Freund vor einiger Zeit sagte, er könnte sich auch gut mal Sex zu dritt oder auch mit einem schönen Vibrator dabei vorstellen, wusste ich, dass die Züri-Love-Night genau der richtige Jungbrunnen für unsere Liebe sein könnte. Ich hatte nämlich gelesen, dass in dieser Nacht unzählige Spielzeuge in den Händen sexwilliger Menschen unterwegs seien, denen das eine Mal Fremdgehen durchaus genügen würde. Na, das war doch perfekt!

Und dass wir die Unbekannte nie wiedergesehen haben, ist gar nicht so schlimm. Wegen *Patchy Paul,* unserem neuen Hausfreund! Der ist immer dabei und liegt im Koffer, wenn es ins Hotel »Alter Hof« geht.

Räuber und Gendarm

Der Gefangenentransport war für 13 Uhr mittags angesetzt, und Sabine hatte sich den ganzen Morgen darauf vorbereitet. Es war immer eine etwas angespannte Situation, da jeder wusste, dass diese Gelegenheit gern zur Flucht genutzt wurde. Sabine sollte bei diesem Transport die direkte Bewachung des Gefangenen im hinteren Teil des Wagens übernehmen. Der Name des Häftlings war Jan T., und er war zu acht Jahren Haft wegen bewaffneten Raubüberfalls und schwerer Körperverletzung verurteilt worden.

Der Gefängnistransporter war eine alte Rostlaube ohne Fenster, aber klimatisiert und mit einer panzersicheren Stahltür verschlossen. Gitterstäbe trennten im hinteren Bereich eine Zelle für den Häftling ab, im anderen Teil nahm der bewachende Polizist, in diesem Fall Sabine, Platz. Man hatte sich für eine Frau entschieden, da man hoffte, sie würde den Gefangenen weniger aggressiv machen als ein Mann in derselben Kontrollposition.

Jan saß schon im abgetrennten Teil des Transporters, als Sabine einstieg. Sie hatte sowohl ihre Waffe als auch einen Alarmknopf bei sich, den sie im Notfall drücken konnte. Zum Fahrerhaus hin war alles abgeschottet, damit im Falle eines Ausbruchs keine Kontrolle über den Fahrer gewonnen werden konnte.

Sabine was nervös, ließ sich aber nichts davon anmerken. Jan schaute nur kurz hoch, als sie einstieg, und sie war überrascht, wie attraktiv er war. Seine Augen waren strahlend blau, und er hatte pechschwarzes Haar. Sabine setzte sich ihm gegenüber, um ihn genau im Blick zu behalten, nicht nur aus sicherheitstechnischen Gründen. Sie spürte, wie ihr langsam warm wurde und sie sich ungemein zu ihm hingezogen fühlte. Gleichzeitig versuchte sie sich jedoch zusammenzureißen, schließlich war es ihr Job, diese Person zu bewachen. Sabine war verwirrt. Es war ihr zuvor noch nie passiert, dass sie eine solch sexuelle Anziehungskraft gespürt hatte. Ihre Lust steigerte sich mit jeder Minute, die sie ihre Augen auf ihn gerichtet hatte, bis sie sich kaum noch zügeln konnte. Sie öffnete ihre Beine einen Spalt breit, um der Hitze zwischen ihren Schenkeln Luft zu machen. Jan schien nichts von ihrer Erregung zu bemerken. Er saß mit geschlossenen Augen gegen die Wand gelehnt und regte sich kaum. Sabine wusste, dass der Transport etwa zwei Stunden dauern würde, und sie wusste auch, dass die beiden Fahrer sie nicht sehen konnten und nur auf Knopfdruck nachschauen würden. Also entschied sie sich, ihrer Lust nachzukommen. Sie stand auf, ging auf die Gitterstäbe zu und befahl Jan aufzustehen. Er öffnete die Augen und sah sie verwundert an, kam ihrer Aufforderung jedoch nach. »Zieh dich aus!«, sagte sie. »Wie bitte?«, fragte er überrascht. »Was soll das?« Sie sah ihm starr in die Augen mit der Hand an ihrer Pistole und wiederholte die Aussage. »Ich will dich hier und jetzt, und bring mich nicht dazu, meine Waffe einzusetzen.« Dieses Argument schien ihn zu überzeugen, und er entledigte sich seiner Kleidung. Sie winkte ihn zu sich herüber und legte seine Arme hinter seinem Rücken in Handschellen. Trotz ihrer Erregung musste sie vorsichtig sein, denn er war immer noch ein Schwerverbrecher, wenn auch ein sehr attraktiver. Dann zog auch sie schnell ihre Hose aus und stand nun im Tanga vor ihm. Sein Schwanz wurde innerhalb kürzester Zeit hart, und sie genoss ihre offensichtliche Wirkung auf ihn. Breitbeinig stellte sie sich an die Gitterstäbe und befahl ihm, sich vor ihr hinzuknien. »Ich wette, du hast schon lange keine Fotze mehr geleckt … dann wollen wir uns doch beide mal einen Gefallen tun.«

Langsam schien ihm das Spiel Spaß zu machen. Er ließ sich auf die Knie fallen und vergrub sein Gesicht zwischen ihren warmen Schenkeln. Seine Zunge wanderte erst außen über ihren Tanga, um sich dann einen Weg zu ihren Schamlippen zu bahnen. Mit schnellen Stößen drückte er die Spitze seiner Zunge bis in die Tiefe ihrer Höhle vor. Sabines Stöhnen wurde mit jeder Bewegung lauter. Sie hielt sich mit beiden Händen an den Stäben fest und hob ihre Beine an, um mit Auf- und Abwärtsbewegungen seine Zunge tiefer in sich zu spüren. Das Spiel wurde wilder und brachte Sabine zur Ekstase. Doch sie wollte noch nicht zum Höhepunkt kommen und zog sich von ihm zurück. Völlig außer Atem sah sie Jan an, der wie ein hechelnder Hund vor ihr kniete.

Sie drehte sich mit dem Rücken zu ihm, beugte sich vornüber und streckte ihm nur ihren Arsch hin. Da seine Hände gefesselt waren, fühlte sie sich so sicher. Sein Schwanz war so hart, dass dieser von ganz allein in ihre feuchte Muschi glitt. Sie gab jedoch den Takt an, indem sie vor und zurück wippte. Mal ließ sie ihn ganz tief in sie eindringen, dann wieder nur ein bisschen. Es machte ihn wahnsinnig, dass er keine Kontrolle über sie hatte, doch fand er das Spiel auch gleichzeitig aufregend, weil es eine ganz neue Erfahrung für ihn war, bei einer Frau derart machtlos zu sein. Die kalten Gitterstäbe schlugen Sabine gegen den Arsch, während sie Jan fickte. Schneller wurden ihre Bewegungen, dann wieder langsamer. Sie wollte ihm in die Augen schauen, während sie ihn ritt, doch wusste sie auch, dass es mit einem großen Sicherheitsrisiko verbunden war, wenn sie in die Zelle stieg. Noch einmal ließ sie ihn ganz tief eindringen und zog sich dann wieder zurück. Sie bat ihn, sich umzudrehen, und befestigte die Handschellen nun so, dass er an einen der Gitterstäbe gefesselt war. Bevor sie die Gittertür öffnete, nahm sie ihre Waffe zur Hand. Halbbekleidet stand sie nun in seiner Zelle und hielt die Waffe immer auf ihn gerichtet. Sie schloss die Tür hinter sich und setzte sich auf die Zellenbank. Dann spreizte sie ihre Beine, um sich mit ihrem Schlagstock vor seinen Augen selbst zu befriedigen. Dieser Anblick machte ihn wahnsinnig, und die Lust brachte seinen prallen Schwanz fast zum Bersten. Mit festen Stößen steckte sie den Stock immer tiefer in ihre Fotze und genoss seine begehrenden Blicke. Nach einer Weile ging sie auf ihn zu und befahl ihm erneut, sich hinzusetzen. Breitbeinig setzte sie sich auf ihn und ritt ihn wie einen wilden Araberhengst. Mit dem Schlagstock am Hals drückte sie ihn gegen die Gitterstäbe. Die Mischung aus akuter Atemnot und ihrer warmen Muschi, die seinen Schwanz umhüllte, trieb ihn in unbekannte Gefühlswelten. Sabine fickte ihn, wie sie zuvor noch nie jemanden gefickt hatte, und sie liebte es, eine solche Macht zu haben. Härter und tiefer ließ sie seinen Schwanz eindringen. Ihr Atem wurde schneller, und die Erregung erreichte ekstatische Höhen. Als sie sich ein letztes Mal mit voller Wucht auf ihn niederließ, fühlte sie auch schon seinen warmen Saft in sich aufsteigen. Noch ein paar Mal bewegte sie ihre Fotze hin und her und kam schließlich auch mit einem lauten Knall zum Höhepunkt. Als sie ihre Augen aufriss, klaffte ein Loch in der Decke des Transporters, ausgelöst von einem Schuss, der sich im Eifer des Gefechts aus ihrer Waffe gelöst hatte. Das Betätigen des Notfallknopfs war wohl nicht mehr nötig. Der Wagen hielt an.

Höhenflug

Britta verstaute ihr Handgepäck in der Ablage und ließ sich dann auf ihren Sitz fallen. Ein Buch hatte sie aus dem Rucksack herausgenommen und es in das Netz am Vordersitz gepackt, obwohl sie nicht glaubte, dass sie darin in den nächsten acht Stunden lesen würde.

Sie war noch voller Anspannung, die wohl erst nach und nach von ihr abfallen würde. Die letzten Monate waren stressig gewesen. Ihr Aufstieg zur Generaldirektorin hatte nicht nur gute Seiten mit sich gebracht.

Aber nun lagen sechs Wochen voller Entspannung vor ihr. Die Malediven! Wie lange hatte sie davon geträumt, dort Urlaub zu machen! Jetzt saß sie im Flugzeug und war nur noch wenige Stunden von der Erholung und dem Wohlfühlen entfernt.

Ein Mann kam den Gang entlang und sah sich nach der Nummerierung der Plätze um. Wow, dachte Britta, sieht der gut aus. Groß, muskulös, dunkle kurze Haare und wahnsinnig schöne Augen, blaue Augen. Die fielen ihr sofort auf. Blaue Augen und schwarze Haare, ein erregender Kontrast. Er sah auf den Sitz neben Britta und lächelte sie an. »Hallo. Da hab ich aber Glück gehabt, neben einer so schönen Frau sitzen zu dürfen ...«, begrüßte er sie. Etwas verlegen spielte Britta an ihren blonden Locken herum. Nachdem er seinen Seesack verstaut und sich hingesetzt hatte, grinste er sie an. Britta sah ihm tief in die Augen. »Ich kann mich aber auch nicht über meinen Sitznachbarn beschweren«, meinte sie und sah ihn kokett an. Diese Augen ... »Ich heiße übrigens Britta«, stellte sie sich vor. »Mark«, antwortete er. Die Stewardess machte inzwischen die Passagiere mit den Sicherheitsvorkehrungen vertraut. Dann hob das Flugzeug ab. Brittas Hände wurden klamm, was aber weniger mit dem Start als vielmehr mit Marks schönen Augen zusammenhing. »Tja, jetzt ist es wohl so weit. Wir heben ab in Richtung Male«, sagte Mark. »Endlich Sonne, Strand und Meer«, antwortete Britta, »die wohlverdiente Ruhe und Erholung ... Und, wovon erholst du dich auf den paradiesischen Inseln?« Marks Augen strahlten. »Ich werde mich von meinem bisherigen Leben erholen. Im Indischen Ozean wartet nicht nur Urlaub auf mich, sondern ein neues Leben. Ich habe nämlich keinen Rückflug gebucht.« Britta sah ihn mit ihren großen Augen an. Er lachte. »Ich wandere aus! Als Tauchlehrer. Endlich raus aus Deutschland. Den ganzen Mief hinter mir lassen.« Britta nickte anerkennend. »Da gehört Mut dazu. Ich werde mich nur sechs Wochen lang ausklinken und mal richtig ausspannen ...«, antwortete sie. Mark sah sie lange an. »Die Entspannung kann doch jetzt schon beginnen«, meinte er und stellte die Rückenlehne des Sitzes nach hinten. Wie zufällig strich seine Hand dabei über ihren Oberschenkel. Britta lächelte ihm zu und seufzte leise: »Warum eigentlich nicht?«

Mark drehte sich ein wenig auf seinem Sitz und meinte: »Zum Relaxen gehört auch eine richtig schöne Nackenmassage. Darf ich?« Britta lächelte. »Nur zu gern«, antwortete sie und schon legte er seine großen, aber feinen Hände auf ihren Nacken und fing an, sie zu massieren. Erst strich er sanft über den Haaransatz, dann knetete er fester ihre Schultermuskeln. Ein wohliger Schauer durchfuhr sie, und ihre Nackenhaare richteten sich auf. Sie schloss die Augen und entspannte sich, konzentrierte sich nur auf die Berührung und ihr Empfinden.

Als Mark aufhörte, war Britta wohlig entspannt.

Die Stewardess brachte das Abendessen. Neben dem üblichen Flugzeug-Menü gab es heute ein paar frische Erdbeeren. Britta liebte Erdbeeren. Genüsslich roch sie daran. Sehr aromatisch! Mark bemerkte dies und meinte: »Dazu passt hervorragend Champagner!«, und bestellte bei der Stewardess gleich eine ganze Flasche. Britta sagte lachend: »Du bist verrückt!«, und stieß mit ihrer neuen Reisebekanntschaft an. Mark nahm eine Erdbeere aus dem Schälchen und guckte Britta fragend an. Sie warf ihm einen aufreizenden Blick zu. Er führte die Erdbeere zu ihrem Mund, sie nahm sie mit den Zähnen auf, und bevor sie zubiss, hielt sie auch ihm eine Beere hin.

Die Atmosphäre zwischen ihnen war spannungsgeladen. Die Erotik der Situation konnte man knistern hören. Die beiden fütterten sich so weiter, bis die Schälchen leer waren.

Dazwischen tranken sie den Champagner. Der Alkohol zeigte seine Wirkung, die durch das Fliegen in großer Höhe noch verstärkt wurde. Nachdem das Essen wieder abgeräumt war, wurden Minikulturbeutel für die Nacht verteilt und das Licht ausgeschaltet. Die meisten Passagiere zogen ihre roten Socken über und versuchten zu schlafen. Einige wenige schalteten die Leselampen ein und nahmen ein Buch in die Hand. Mark breitete seine Decke aus. »Du willst doch nicht schlafen?«, neckte Britta ihn. »Weißt du, Erdbeeren und Champagner, das ist eine Kombination, die auf mich ausgesprochen aphrodisisch wirkt …«, hauchte sie ihm zu.

Er grinste sie an und meinte: »Schlafen will ich ganz bestimmt nicht, aber unter der Decke kann man Sachen machen, die die anderen Mitreisenden nicht unbedingt mitbekommen müssen.« Er nahm auch Brittas Decke und legte sie ihr über. Dann fuhr seine Hand unter der Decke an ihrer Bluse entlang. Sie spürte, wie er erst die Knöpfe öffnete, um dann darunter zu gleiten und ihre Brüste zu berühren. Diese steckten in einem BH aus feinem, sehr dünnen Stoff. Er strich sanft darüber und merkte, wie ihre Nippel hart wurden. Sie drehte sich leicht zu ihm und nahm seinen Kopf mit der rechten Hand, um ihn näher an den ihren zu bewegen. Während sie seine wuscheligen Haare berührte, küsste sie ihn auf die Lippen. Erst zögerlich, dann immer fordernder und leidenschaftlicher. Ihre Zungen umspielten einander, Britta merkte, wie die Situation sie erregte und auch seine Atemfrequenz sich erhöhte.

Sie fasste zwischen seine Beine und spürte eine Beule in seiner Jeans. Sie sah ihm tief in die Augen und öffnete langsam seine Hose, um sein aufgerichtetes bestes Stück aus der Enge zu befreien. Sanft nahm sie es in die Hand und strich mit der umschließenden Hand auf und ab. Sie nahm die Spitze zwischen Daumen und Zeigefinger und bewegte diese rhythmisch, um dann wieder dazu überzugehen, ihn in seiner vollen Größe zu umfassen. Mark strich mit der linken Hand sanft über ihre Brüste und ihren Bauchnabel.

Wieder küssten sie sich. Britta flüsterte ihm ins Ohr: »Ich wüsste gern, wie du weiter unten schmeckst … Lass mich deine Zauberflöte spielen …«, und bewegte ihren Kopf abwärts. Mark hauchte leise: »Jaaa!«, und lehnte seinen Kopf zurück. Sie rutschte im Sitz etwas weiter nach hinten und beugte sich dann über ihn, so dass sie bequem unter der Decke abtauchen konnte. Sie leckte ihn zunächst vom Ansatz bis zur Spitze, dann nahm sie ihn in den Mund und saugte leicht. »Mmm«, machte sie, und die Vibration ihres Mundes übertrug sich auf seinen erregten Stab und seinen gesamten Körper. Als sie sein unterdrücktes Keuchen wahrnahm, tauchte ihr Kopf wieder auf. »Lecker schmeckst du. Ich möchte gern, dass du ihn mir jetzt woanders hineinschiebst … Kommst du mit auf die Flugzeugtoilette?«, sagte sie ihm leise, kaum hörbar ins Ohr. Er schloss seine Hose und nickte.

Beide schlichen sich nach hinten. Sie zwängten sich in den winzig kleinen Raum und schlossen mit einiger Anstrengung die Tür. Schon hatte er ihre Bluse ausgezogen und ihre Hose heruntergezogen. Sie griff ihm wieder in den Schritt, zog dabei ihr Höschen aus und küsste ihn. Er bewunderte ihren vollendeten Körper. Große, schöne Brüste, makellose helle Haut und einen wundervollen, runden Po. Er fasste an ihre Scham, spürte die Feuchtigkeit und Hitze ihrer hungrigen Öffnung. Sie drehte sich mit dem Rücken zu ihm und stützte ihre Hände an der Kabinenwand ab. Er umfasste ihre Brüste, zupfte an den Brustwarzen und küsste sie in den Nacken. Dann drang er sanft, aber bestimmt in sie ein. Sie war vollkommen, heiß und glühend. Wieder küsste er ihren Nacken, schob die blonden Locken beiseite und saugte seitlich an ihrem Hals. Sie gab sich ihm hin und streckte sich soweit wie möglich mit ihrem Hinterteil ihm entgegen. Fordernd stieß er in sie hinein, mal tiefer, mal weniger tief. Er fühlte sich geborgen in ihrem weichen, warmen Körper. Sie stöhnte leise. »Ja, jaaa, das ist gut. Ohhh.« Seine Bewegungen wurden schneller, ebenso seine Atemzüge. Die Lust hatte ihn voll im Griff. Tief drang er in sie ein, während er ihre Brüste umklammert hielt. Sie konnte sich vor Lust kaum noch halten und merkte, wie sie kam. Noch während sie unterdrückt stöhnte und zuckte, spürte sie, wie sich seine warme Flüssigkeit in ihrem Körper ergoss. Das Zusammenspiel ihrer Orgasmen war perfekt, ihre Körper waren haargenau aufeinander abgestimmt. Er zog sie an sich und küsste sie auf den Rücken. »Das war der geilste Flug meines Lebens«, raunte er ihr ins Ohr. Sie atmete schwer. »Oh jaaa …«, antwortete sie.

Plötzlich hörten beide ein lautes Klopfen an der Tür. »Hier wollen auch noch andere Passagiere pinkeln!«, tönte es lauthals. Britta und Mark sahen sich an und lachten.

Festivalstimmung

Es gibt im Jahresverlauf gewisse Momente, Ereignisse oder einmalige Dinge, die man auf keinen Fall verpassen sollte; nicht weil sie derart einzigartig sind, dass sie nie wiederkommen würden, sondern einfach weil man sich sonst ärgert, sie zumindest in *diesem* Jahr verpasst zu haben. Das »Summer Jam Sounds«-Festival ist so etwas. Obwohl es jedes Jahr um etwa die gleiche Zeit und am selben Ort stattfindet – nämlich im Spätsommer auf einem großen Naturgelände mitten in Holland – ist es doch immer wieder aufs Neue eine so einmalige und intensive Zusammenkunft von herrlichen Menschen, tollen Bands und vor allem verschiedensten Emotionen, dass man davon im kalten Winter noch lange zehren kann und sich sehr danach sehnt, falls man es verpasst haben sollte.

Katja und Rene sind jedenfalls zwei Menschen, die das »Summer Jam Sounds« bisher in keinem Jahr verpasst haben. Doch die beiden haben ja auch einen ganz speziellen Grund, der sie immer wieder dorthin zieht.

Katja arbeitet als Physiotherapeutin in einer großen Reha-Einrichtung und geht in ihrer Freizeit gerne in verschiedensten Seen und Tauch-Erlebnis-Bädern tauchen. Vor drei Jahren hat sie auf einem Wochenendkurs ihren jetzigen Verlobten Rene kennengelernt. Rene war früher Kampf- und Erkundungstaucher bei der Bundeswehr, hat sich aber dann als Tauchlehrer selbständig gemacht.

Zwischen Katja und ihm war es Liebe auf den ersten Blick: sie, die dunkelhaarige Schönheit mit der sportlichen Anmut einer Frau, die ihren Körper zu beherrschen weiß, und Rene, der große, drahtige Athlet mit dem alles gewinnenden Lächeln und der Aura eines eleganten, aber fürsorglichen Partners. Es hatte gefunkt, und beide waren urplötzlich nicht mehr einsam. Schnell stellten sie fest, dass sie ungemein viel gleiche Interessen hatten: angefangen bei Filmen, Stars und Autos bis hin zu bestimmten Tauchplätzen, Lieblingsessen und natürlich die Musik! Schnell stand daher auch der Entschluss fest, genau dieses Festival mit allen ihren Lieblingsbands zu besuchen, eben das »Summer Jam Sounds« in Holland.

Aus einem Mal wurden mittlerweile vier, denn auch dieses Jahr sind Katja und Rene wieder auf dem Zeltplatz hinter dem Festivalgelände angekommen. Beide nehmen sich immer ein freies Wochenende dafür und gehen schon Freitagmittag den großen Platz mit den acht Bühnen ab, auf denen über 60 Bands an drei Tagen das Beste aus Raggae, Ska und Alternative zu Gehör bringen. Die beiden stehen dann meistens ziemlich weit hinten, heben mit den Tausenden von Festivalbesuchern gemeinsam die Arme, singen mit und lassen sich von der Kraft der Musik und dem Gefühl der Freiheit mitreißen. Am meisten freuen sie sich jedoch auf den Samstagabend an der Hauptbühne, denn da ist für die beiden bei ihrem ersten Konzertbesuch eine Tradition entstanden, die sicherlich nicht alltäglich ist. Wenn abends die Sonne untergegangen ist und das ganze Gelände nur noch aus einer einzigen Masse von Menschen besteht, wenn die Top-Acts ihre groovigen Beats aus den Boxen knallen lassen und niemand mehr still stehen kann, dann bewegen sich die beiden ganz langsam in Richtung Technik-Turm.

Direkt dahinter stehen meistens nicht allzu viele Leute, denn der Stahlgerüst-Koloss, in dem die Ton- und Lichttechniker die Show unter Kontrolle haben, verdeckt die Sicht zur Bühne. Genau diesen Ort haben Katja und Rene sich ausgesucht, um ihr persönliches Festival-Highlight zu erleben. Während die Zuschauer um sie herum nur Augen und Ohren für das Geschehen auf der Bühne haben, haben die beiden Verliebten plötzlich nur noch Augen und Ohren für sich! Während die Stars auf der Bühne das Publikum in ihren Bann ziehen, zieht Katja schnell und unbemerkt ihre Hose aus und lässt ihr langes T-Shirt bis knapp über den Po hängen, Rene tut das gleiche und gibt Katja einen schnellen, leidenschaftlichen Kuss. Und während die Luft von eingängigen Melodien und Rhythmen erfüllt ist, dringt Rene wild und ungestüm von hinten in Katjas zarte Blume ein. Sie hält sich stark am Gerüst fest, während es für die vielen Menschen um sie herum indessen kein Halten mehr gibt. Das Pochen ihrer beiden Herzen wird eins mit dem Wogen ihrer Körper, und der anschwellende Pegel der Musik ist nichts im Vergleich zum anschwellenden Pegel der Lust für die beiden.

Renes Hände streicheln Katja überall, kreisen um ihre festen Brüste und berühren den schönen Hintern mit kennenden Griffen. Und obwohl Sex für sie etwas völlig Natürliches ist und sie weder Hemmungen noch Scheu vor irgendetwas haben, ist dieser Ausflug ins Reich der Lust doch etwas sehr Spezielles. Natürlich passiert es, dass der eine oder andere Konzertbesucher auch mal einen Blick zur Seite wirft, und dort vom Anblick eines ekstatischen Paares überrascht wird, aber meistens verliert sich das Interesse schnell wieder, denn es ist fast völlig dunkel, die Sounds auf der Bühne übertönen alle anderen Geräusche und vor allem: Man ist frei und unter lockeren Menschen, denn jeder darf tun, was er möchte.

Also bleibt Katjas Liebesakt mit Rene zwar einzigartig erfüllend für die beiden, der Rest des Festivalvolks nimmt jedoch fast keinerlei Notiz davon. Auch ihre Schreie der Lust und die anfeuernden Rufe kann Katja aus voller Kraft in die Nacht senden, denn um sie herum schreit, ruft und pfeift sowieso schon alles und jeder. Rene hält sie ganz fest in seinen Armen, wenn er spürt, dass sie gerade kurz vor dem Höhepunkt ist, denn das zögert bei Katja die unweigerliche Explosion noch ein wenig heraus. Aber irgendwann kommt der Punkt, an dem es kein Zurück mehr gibt, und den passen die beiden zufälligerweise immer derartig genau ab, als ob sie jede Sekunde mitgezählt hätten.

Der letzte Song des offiziellen Teils endet immer mit einem gigantischen Feuerwerk-Finale, das immer dann abgeschossen wird, wenn die beiden Liebenden gerade ihr ganz persönliches inneres Feuerwerk zünden. Und somit schaffen es Rene und Katja, das »Summer Jam Sounds«-Festival zu ihrem ganz persönlichen Highlight des Jahres zu machen. Denn den frenetischen Applaus, das johlende Jubelgeschrei der unzähligen Leute um sie herum werten die zwei als ganz persönliche Anerkennung ihrer soeben vollbrachten Glanzleistung. Und wie man sich denken kann, wird die Zugabe im Zelt später noch um einiges intensiver ausfallen. Doch da verwehren die beiden uns leider den Einblick. Schade eigentlich.

Aber, das »Summer Jam Sounds« kommt ja wieder. Nächstes Jahr, im Spätsommer, in Holland. Und wen wir treffen werden ist klar: tolle Bands, lockere Menschen, ausgelassene Stimmung, und Katja und Rene, im wahrsten Sinn des Wortes »Musik-Liebhaber«.

Zwischen zwei Geschossen …

Vor ungefähr einem Monat hatte ich einen wichtigen Geschäftstermin in dem größten oder zumindest höchsten Bürogebäude der Stadt. Es war eine wichtige Angelegenheit, die mich seit langem mal wieder in dieses Gebäude lockte.

Die Verhandlungen mit meinem Geschäftspartner verliefen wider Erwarten sehr gut. Als mein Partner mich nach der zweistündigen Sitzung vor seiner Bürotür verabschiedete, machte ich mich müde, aber zufrieden auf den Weg über den langen nüchternen Flur in Richtung Aufzug.

Schnell war der Fahrstuhl da. Ich erschreckte mich und fuhr zusammen, als sich die Türen öffneten. Ich glaube, ich bin sichtlich verlegen geworden und errötete leicht, als ich Melanie nach langer Zeit wieder sah. Außer ihr war niemand sonst da.

Mit Melanie hatte ich vor gut einem Jahr mal eine lesbische Affäre, die ein paar Monate anhielt und die scheiterte, als Melanies Freund dahinterkam. Er hatte eine versaute SMS von mir gelesen.

Auch Melanie war sehr überrascht, mich hier zu sehen.

Sie sah so phantastisch aus wie eh und je, ihr Outfit saß wieder einwandfrei an ihrem makellosen Körper, ihr langes Haar trug sie hochgesteckt, und ihre Katzenaugen funkelten auch heute wieder wie die Sterne. Sie trug ein schickes Etuikleid mit einem kurzen Blazer darüber und Highheels. Einfach toll, diese Frau!

Melanie sagte, dass sie den Erdgeschoss-Knopf bereits gedrückt hatte, und wir tauschten ein paar banale Worte aus. Plötzlich machte der Fahrstuhl einen Ruck und blieb zwischen dem dritten und vierten Stockwerk stecken. Na, das hatte mir ja gerade noch gefehlt!

Wie auf Kommando schüttelten wir beide den Kopf und mussten, als wir merkten, dass wir die gleiche Bewegung machten, schmunzeln. Dann schauten wir uns tief in die Augen … drei, vier Sekunden lang. Ich konnte meinen Blick nicht mehr von ihr wenden. Ich fühlte mich von ihr hypnotisiert. Erst als Melanie mich fragte: »Wollen wir nicht mal den Notrufknopf drücken?«, kam ich wieder zu mir. Ich drücke kommentarlos den Knopf, und nach nur wenigen Sekunden meldete sich eine männliche Stimme, vermutlich der Haustechniker, um uns zu versichern, dass es nicht länger als zehn Minuten dauern würde. So lange war wohl Warten angesagt.

Doch nachdem die Stimme aus der Sprechanlage verstummt war, kam Melanie mir ganz nah und begann mich auf den Mund zu küssen. Ich verstand die Welt nicht mehr, und mein Herz drohte stehen zu bleiben! Dann wurde sie immer heftiger, und wir begannen uns innig zu küssen. Unglaublich, wie schön und leidenschaftlich sie war …

Plötzlich machte der Aufzug einen Satz, unsere Körper schlugen heftig aneinander, und Melanie verlor das Gleichgewicht. Ich konnte sie gerade noch festhalten und presste sie reflexartig an mich, damit sie nicht fiel. Sie bedankte sich bei mir und kniete sich dann langsam vor mir hin. Ihre Hände streichelten dabei über meine Brüste und Lenden. Dann öffnete sie meine Hose und zog meine Bluse raus, dabei schaute sie mich verträumt an. Ich dachte zu träumen, rückte in die Ecke des Aufzugs und schloss die Augen.

Mit meinen Händen strich ich über ihr Haar und ihr Gesicht. Meinen Slip hatte sie zwischenzeitlich schon beiseitegeschoben und war damit beschäftigt, meine Schamlippen mit ihren beiden Zeigefingern zu öffnen. Ich spürte dann ihre Zungenspitze an meiner Knospe und merkte, wie ich von einer Sekunde auf die andere ganz feucht wurde. Ihre Zunge wurde immer schneller, ich blickte zu ihr herab und traute meinen Augen nicht. Ihren rechten Mittelfinger ließ sie dann vorsichtig zwischen meine Schenkel rutschen und gab mir von unten einige heftige Stöße. Das Gefühl, das mich dabei durchfuhr, war einfach überwältigend! Mit ihrer Zunge war sie noch immer an meiner empfindlichsten Stelle. Es hat nicht sehr lange gedauert, bis ich kam, begleitet vom lustvollen und ungehemmten Stöhnen. »Na, das findest du wohl wunderschön, oder?«, fragte Melanie. Vor lauter Stöhnen konnte ich nicht antworten. Nachdem sie bemerkt hatte, dass ich meinen Höhepunkt erreicht hatte, stand sie auf. Als sie wieder vor mir stand, küsste ich sie und zog mich dabei wieder an. Ich sagte: »Schade, dass das heute eine einmalige Sache war ... ich würde mich gerne revanchieren.« »Wenn du das möchtest, gerne«, sagte sie, »von Marko habe ich mich schon vor langer Zeit getrennt und bin zurzeit Single.«

Ich strahlte sie an und wollte gerade antworten, als sich die Fahrstuhltüre öffnete und der Haustechniker vor uns stand. Na, da haben wir aber Glück gehabt, sonst hätten wir den guten Mann ganz schön in Verlegenheit gebracht.

Melanie und ich trennten uns vor dem Büroturm mit den Worten: »Na dann, bis bald.«